INDIVIDUTOPIE

JOSS SHELDON

TRADUCTION PAR LAURA DINRATHS

Tous droits réservés © Joss Sheldon 2018

Édition à couverture rigide 2.0
ISBN : 979-8869260925

Ce livre est vendu sous réserve des conditions qu'il ne puisse, à des fins commerciales ou autres, être reproduit, stocké dans une base de données électronique ou transmis, sous quelque forme ou par quelque moyen que ce soit, sans l'autorisation préalable de Joss Sheldon.

Joss Sheldon revendique le droit moral d'être identifié comme l'auteur de cet écrit, en accord avec le « Copyright, Design and Patents Act 1988 ».

Publié pour la première fois au Royaume-Uni en 2018.

Design de couverture par Marijana Ivanova.

Traduction par Laura Dinraths.

CECI N'EST PAS UNE PROPHÉTIE

CECI EST UN AVERTISSEMENT

TABLE DES MATIÈRES

BIENVENUE À INDIVIDUTOPIE

RENCONTRE AVEC NOTRE HÉROÏNE

TOUT COMMENÇA PAR UN DRAGON

L'IGNORANCE ÉTAIT UNE BÉNÉDICTION

SE POURRAIT-IL QUE CE SOIT VRAI ?

VOIS. PARLE. COURS.

À DROITE AU FEU

NORD

LE LENDEMAIN DE LA VEILLE

LA SURVIE DU PLUS APTE

LA SEULE CONSTANTE EST LE CHANGEMENT

LA DERNIÈRE ENTAILLE EST LA PLUS PROFONDE

ÉCOUTEZ-MOI JUSQU'AU BOUT

ÉPILOGUE

BIENVENUE À INDIVIDUTOPIE

Sans doute ferais-je mieux de commencer depuis le début.

Non, cela ne suffirait pas. Je dois commencer cette histoire longtemps, bien longtemps avant qu'elle n'ait débuté.

Voyez-vous, entre votre époque et la mienne, ici en l'an 2084, le monde a tellement changé qu'il serait négligeant de ma part de ne pas vous en toucher un mot. J'ai bien peur, cher ami, que les aventures de notre héroïne, Renée Ann Blanca, n'aient aucun sens à vos yeux si je ne les situe pas dans leur contexte.

Peut-être cela ne vous surprend-il pas d'apprendre que le monde changera radicalement au cours des décennies que vous êtes sur le point de vivre. Vous vivez vous-même à une époque de changement sans précédent. Mais, pour comprendre le monde dans lequel vous vivrez demain, vous devez vous tourner vers le passé et non vers le futur ; retourner en 1979 et à l'élection de Margaret Thatcher.

L'idéologie de Thatcher peut être résumée à une seule citation prophétique. Cette brève déclaration, longue d'à peine quatre mots, était bonne pour changer le monde pour toujours.

Il nous est difficile d'imaginer Margaret Thatcher alors qu'elle prononçait ces quatre mots. Peu de mes contemporains ont même vu la *Dame de fer* en photo. De nos jours, les gens sont bien trop soucieux d'eux-mêmes pour faire attention à qui que ce soit d'autre. Dans mon esprit, je peux voir une image de l'ancien Premier ministre, bien que je ne sois pas sûr qu'elle soit exacte. À mes yeux, elle ressemble à un colosse : mi machine, mi humain, avec un casque de cheveux métalliques, des épaulettes en acier et une langue capable de tirer des balles.

Mais je digresse. L'apparence de Thatcher n'a aucune importance. Nous ferions mieux de focaliser notre attention sur ces quatre mots prophétiques. Ces quatre mots minuscules, qui n'étaient en aucun cas vrais, qui n'avaient jamais été vrais, mais qui deviendraient la seule vérité qui soit :

La voix de Thatcher perça comme un cri strident, acerbe. Crissement autocratique. Poésie sans couleur. Ombre sans lumière.

— La...

Un silence statique bourdonna entre les mots.

— Société...

Un pas distant manqua de résonner. Quelqu'un déglutit.

— N'existe...

Un flash crépita.

— Pas.

Un cil tomba.

— La société n'existe pas. Il existe des individus, hommes et femmes, et il existe des familles. Et aucun gouvernement ne peut rien faire, sauf à travers les gens, et les gens doivent s'occuper d'abord d'eux-mêmes. Il est de notre devoir de prendre soin de nous.

Grâce à ces quatre mots, le *Culte de l'Individu* était né.

Durant les décennies qui suivirent, tous furent contraints d'y adhérer.

Quand notre héroïne naquit, en l'an 2060, l'affirmation de Thatcher était devenue une réalité. La société n'existait réellement pas. Notre Renée était toute seule.

***

J'ai relu la suite de ce chapitre et j'ai bien peur que les choses ne deviennent terriblement politiques. Cher ami, acceptez mes excuses les plus sincères. Ce livre n'est pas un manifeste radical. À vrai dire, j'aime assez bien cette Individutopie qui est la nôtre. C'est le seul monde que j'aie jamais connu et j'y suis pour ainsi dire attaché. Non. C'est un récit captivant : l'histoire d'une femme qui se découvre elle-même.

Si vous ne me croyez pas, sautez ce chapitre et allez voir par vous-même. Je comprendrai. Honnêtement. Peut-être l'histoire politique n'est-elle pas votre tasse de thé. Ce n'est pas un problème. Vraiment. Soyez fidèle à vous-même. Avant tout, soyez l'individu unique que vous êtes !

Mais, pour commencer, veuillez prendre un moment pour considérer les quatre changements cataclysmiques que l'individualisme a apportés. Ceux-ci formeront le contexte de notre récit :

1) PRIVATISATION. Les biens de la société furent vendus aux individus, qui mirent un prix sur tout. Et je veux dire *tout*.

2) LA COMPÉTITION REMPLAÇA LA COOPÉRATION. Tout le monde rivalisait avec tous les autres, vingt-quatre heures sur vingt-quatre, dans une vaine tentative d'être le meilleur.

3) LES RELATIONS INTERPERSONNELLES DISPARURENT. Les individus se focalisaient tant sur eux-mêmes qu'ils ignoraient tous les autres.

4) LES TROUBLES MENTAUX DEVINRENT ENDÉMIQUES. Les hommes étant incapables d'assouvir leurs besoins sociaux, la dépression et l'anxiété devinrent la norme.

***

Vous me suivez toujours ?

Excellent ! Alors je vais vous mettre au parfum.

Commençons par la privatisation…

Puisque la société n'existait pas, il s'ensuivait que rien ne pouvait appartenir à la société. Tout ce qui appartenait à un collectif devait être transmis aux individus.

Des centaines d'industries nationalisées, telles que British Gas et British Rail, furent cédées à des partenaires individuels, qui haussèrent les prix pour récupérer leurs investissements.

Le National Health Service rejoignit le marché intérieur, ce qui entraîna la sous-traitance du labeur par des firmes privées. Les écoles furent transformées en académies, qui furent également vendues.

De vastes territoires nationaux devinrent des *Espaces Privés à Appartenance Publique* : des terres qui en apparence appartenaient à la société, mais en vérité appartenaient à des individus. Les logements sociaux, ayant autrefois appartenu à la société, furent vendus et jamais remplacés. Il devint illégal de squatter un bâtiment abandonné.

Quand les *Réformes Démocratiques* de 2041 introduisirent le vote sur le marché, quelques riches individus achetèrent autant de voix que nécessaire, s'élurent eux-mêmes, abrogèrent toutes les lois du travail, abolirent la *Commission de la concurrence* et révoquèrent le parlement. Libérés des régulations gouvernementales, ils monopolisèrent la richesse de la nation, privatisèrent les forces de police et les utilisèrent pour se protéger eux-mêmes.

Une classe oligarque était née.

Des frais d'éducation et de soins de santé furent introduits, puis augmentés, jusqu'à ce qu'ils deviennent inabordables. Les terres communales disparurent, les parcs nationaux devinrent des jardins privés et toutes les plages furent clôturées. Des actions telles que marcher dans la rue, respirer l'air et parler aux autres acquirent toutes un prix.

En 2016, Oxfam déclara que les soixante-deux individus les plus riches possédaient autant que la moitié la plus pauvre des habitants de la planète. En 2040, ces individus possédaient autant que tous les habitants combinés. En 2060, l'année où Renée naquit, ils possédaient assez littéralement le monde entier.

***

À présent, tournons-nous vers la compétition...

Puisque la société n'existait pas, celle-ci ne pouvait être tenue responsable de nos problèmes. Il était attendu que nous, et nous seuls, prenions notre *Responsabilité Personnelle* et, avec elle, soin de nous-même. Comme l'un des alliés les plus proches de Thatcher l'avait dit un jour : « Mon père au chômage n'est pas allé manifester. Il est monté sur son vélo et il a cherché du travail. »

Et il en fut ainsi : si vous n'aviez pas de travail, il était de votre responsabilité de monter sur votre vélo et d'aller prendre celui d'un autre ! À l'ère de l'individu, nous ne coopérons pas, nous rivalisons.

À l'école, du moins tant que les écoles persistèrent, une culture d'évaluation fut introduite. Dès sept ans, les élèves étaient forcés de rivaliser avec leurs camarades de classe pour décrocher les meilleures notes. Les vendeurs rivalisaient pour faire le plus de ventes, les médecins pour avoir les listes d'attente les plus courtes, et les bureaucrates pour introduire les coupes budgétaires les plus importantes. Tout un système composé d'enquêteurs mystères, de sondages clients, d'avis Internet, d'évaluations de ponctualité et de classifications à étoiles, dressa les ouvriers contre les ouvriers. Tout ce qui pouvait être mesuré fut compté et classé. Tout le reste fut négligé.

Dans les années 2050, les oligarques créèrent un méta-tableau qui classait chaque individu sur le territoire, ainsi qu'une infinité de tableaux mineurs qui mesuraient tout et n'importe quoi. De nos jours, il existe des tableaux classant l'apparence, les niveaux de consommation, l'apport calorique, les scores aux jeux vidéo, les capacités alimentaires, à sauter à la corde et à dormir des individus. Tout y passe et il existe un tableau pour tout.

Il est attendu que tous les individus rivalisent avec tous les autres, tout le temps, de toutes les manières possibles. Et, s'ils réussissent, ils s'attendent à être récompensés.

Pour ma part, je suis enclin à croire que cette mentalité est née à votre époque...

Oubliant qu'ils avaient été aidés par la société, soignés par des infirmières et éduqués par des enseignants, les premiers Individualistes affirmèrent qu'ils s'étaient faits tout seuls : ils avaient rivalisé, avaient gagné et méritaient de garder chaque centime. Ils arrivèrent à leurs fins. L'impôt sur les sociétés fut bradé, passant de cinquante-deux pourcents en 1979 à tout juste dix-neuf pourcents en 2017. L'impôt sur les plus hauts revenus passa de quatre-vingt-trois pourcents à quarante-cinq pourcents. Ces deux taxes furent complètement abolies dans la *Loi de la Grande Liberté* de 2039.

En attendant, les pauvres furent blâmés pour leur pauvreté. Suivant cette logique, c'était leur faute s'ils n'étaient pas montés sur leurs vélos, s'ils n'avaient pas cherché du travail, s'ils n'avaient pas accepté un deuxième poste ou fait des heures supplémentaires.

Le *Ministère du Travail et des Pensions* lança des campagnes diabolisant ceux qui réclamaient des allocations. Les journaux exhortaient les individus à « se montrer patriotiques et à dénoncer les fraudes aux allocations ». Les voisins se retournèrent contre leurs voisins, les pauvres se retournèrent contre les plus pauvres et tout le monde se retourna contre les chômeurs. *L'État Providence* fut dissous en 2034 et la dernière association caritative ferma ses portes en 2042. Les infirmes, les vieux et les chômeurs furent abandonnés à leur sort.

L'écart salarial se creusa d'année en année.

Quand Thatcher monta au pouvoir, les dix pourcents des employés britanniques les plus riches étaient payés quatre fois plus que les dix pourcents les plus pauvres. En 2010, ils étaient payés trente-et-une fois plus.

Les salaires se mirent à décliner. Ils étaient plus bas en 2017 qu'en 2006.

En 2050, les travailleurs les plus riches gagnaient mille fois plus que les travailleurs les plus pauvres. Mais même eux étaient payés moins que ce qu'un employé moyen aurait gagné en 1980.

Pourtant, personne ne se plaignait. Les travailleurs les plus riches étaient contents, ravis de savoir qu'ils gagnaient plus que leurs pairs. Entre temps, les plus pauvres assumaient leurs responsabilités personnelles, retroussaient leurs manches et travaillaient plus dur que jamais.

***

La rumeur dit que certaines personnes tentèrent de s'affranchir de cette *Individutopie*.

Des murmures circulèrent au sujet d'une clique de rebelles qui, *horreur !* voulaient vivre ensemble au sein d'une société ! Ces radicaux furent ridiculisés, traités de charlatans et de dangereux extrémistes. Personne ne sait ce qui leur arriva et s'ils existèrent vraiment, mais les opinions individuelles abondaient. Certains disaient qu'ils avaient squatté le domaine d'un oligarque. D'autres affirmaient qu'ils étaient partis pour le Pôle Nord, l'Atlantide ou Mars. La plupart pensaient qu'ils étaient morts. Ils furent incapables d'atteindre un consensus et, à mesure que les gens s'éloignaient les uns des autres, de telles rumeurs s'estompèrent.

D'année en année, les gens s'aliénaient davantage.

Plutôt que pratiquer du sport en équipe, les Individualistes jouaient à des jeux vidéo en solitaire. Ils buvaient à la maison plutôt qu'au bar. Ils communiquaient via Internet au lieu de se parler de vive voix. Ils cessèrent de saluer les passants, tournaient la tête pour éviter tout contact visuel et portaient des écouteurs pour décourager toute conversation. Ils avaient plus de contact avec leur Smartphone qu'avec d'autres gens.

Les écoles professaient à leurs élèves de ne « pas adresser la parole aux étrangers ». Les compagnies d'assurance conseillaient à leurs clients de « toujours verrouiller leur porte ». Des publicités hurlaient « Gardez vos affaires à l'œil ! ».

En 2030, chacun avait un boulot unique, des horaires uniques et absolument rien en commun avec ses collègues. En 2040, tous les syndicats avaient été dissous. En 2050, tous les clubs de travailleurs, centres sociaux, bibliothèques, jardins ouvriers et terrains de jeux avaient été vendus à la classe oligarque.

Forcées de déménager pour trouver du travail, les générations s'éloignèrent et l'unité familiale s'effondra. De moins en moins de gens se mariaient, de plus en plus de gens divorçaient et de moins en moins de bébés naissaient. Les gens se focalisaient sur eux-mêmes. Ils cherchaient la gloire, la fortune et la beauté. Ils s'abonnaient à des salles de sport, se maquillaient jusqu'à en devenir méconnaissables, et devinrent dépendants de la chirurgie esthétique. Ils ne postaient que les photos les plus flatteuses d'eux-mêmes sur les médias sociaux et les retouchaient souvent pour se rendre plus attirants.

Au début des années 2040, tout le monde était un mélange de chair et de plastique, et possédait un écran qui agrandissait son image en temps réel. Chacun pensait qu'il était le plus bel individu vivant.

Les gens cessèrent de s'étreindre. Puis ils cessèrent tout à fait de se toucher. Ils portaient des *Plentilles* : des lentilles de contact informatisées qui rectifiaient la vision de l'utilisateur afin qu'il n'ait pas à regarder quiconque. Ils parlaient à leurs appareils électroniques au lieu de parler à d'autres personnes. Les mots tels que « tu », « nous », « vous » et « ils » furent rayés du vocabulaire. Il ne restât plus que « il », « elle » et « je ».

Le rêve de Thatcher était devenu réalité. La société n'existait plus.

La dernière conversation d'humain à humain eut lieu entre les parents de notre héroïne, quelques instants seulement avant sa conception. Cet acte d'accouplement marqua la dernière fois où deux adultes entrèrent en contact.

Au cas où vous vous poseriez la question, Renée Ann Blanca ne fut pas élevée par ses parents. Elle fut élevée par un robot *Babytron*, qui la trouva au pied de la Tour Nestlé. La mère de Renée, croyant dur comme fer que la petite Renée devait prendre ses responsabilités personnelles et s'élever elle-même, l'avait donc abandonnée là pour chercher du travail.

***

Ouf ! Nous y sommes presque.

Mais, avant d'y être, prenons un moment pour considérer l'état mental de la nation...

Isolés, condamnés à faire des boulots qui avaient peu de sens, hyper conscients des attentes professionnelles, et souvent esclaves des biens pour lesquels ils avaient travaillé si dur, les Individualistes étaient loin d'être heureux. En 2016, un quart des britanniques souffraient de stress, de dépression, d'anxiété ou de paranoïa.

Ces troubles mentaux avaient des impacts physiques. Ils élevaient la pression artérielle, affaiblissaient le système immunitaire et augmentaient les risques de souffrir d'infections virales, de démence, de diabète, de maladies cardiaques, d'accidents vasculaires cérébraux, de dépendances et d'obésité.

Dès 2016, plus de vingt pourcents des britanniques avaient eu des pensées suicidaires, et plus de six pourcents avaient tenté de se suicider. Le suicide était la cause de mortalité la plus courante chez les hommes de moins de quarante-cinq ans. En 2052, il était devenu la principale cause de mortalité de la nation.

Les niveaux de testostérone avaient baissé chez les hommes. Les femmes avaient cessé d'avoir leurs règles.

Pourtant, les Individualistes refusaient de se tourner vers l'extérieur, vers les causes sociales responsables de leurs troubles mentaux. La société n'existait pas, donc la société ne pouvait être tenue pour responsable !

Les Individualistes se tournèrent vers eux-mêmes et s'imputèrent la faute. Ils en assumèrent la responsabilité, essayèrent la psychothérapie, la neurochirurgie et la méditation. Puis ils eurent recours aux médicaments. La prise d'antidépresseurs avait doublé entre 2006 et 2016 et continua d'augmenter par la suite. Les gens devinrent accros aux somnifères, aux stabilisateurs de l'humeur, aux tranquillisants et aux neuroleptiques.

Quand l'air devint trop pollué pour pouvoir être respiré, les gens furent contraints d'acheter leur propre réserve d'air propre. Des antidépresseurs gazeux furent ajoutés au mélange. Par conséquent, notre héroïne naquit dans un brouillard de drogues, riche d'un mélange contenant tout le Valium et les sérotonines chimiques que son robot Babytron pouvait lui procurer. C'était un brouillard duquel elle ne s'était jamais échappée.

Au cours de sa vie, Renée Ann Blanca concocta son propre cocktail individuel de drogues, aromatisé à sa saveur personnalisée : griotte et caramel. Bien qu'elle diminuât la dose pendant la nuit, pas une seule minute de sa vie ne s'était écoulée sans médication. C'était probablement pour un mieux. De nos jours, les individus se suicident généralement dès que leur cocktail gazeux s'épuise.

Tout cela vous paraît assez morbide, non ?

Mais soyez patient. J'ai décidé de raconter l'histoire de Renée Ann Blanca pour une bonne raison. Elle n'est pas tout à fait aussi lugubre que vous pourriez l'imaginer. Mais vous expliquer pourquoi à ce stade si précoce ne ferait que gâcher toute l'histoire !

En parlant de l'histoire, j'imagine qu'il est temps de la commencer.

D'ailleurs, voici venir Renée. Oui, je peux tout juste l'apercevoir. Elle semble être en train de se réveiller, s'étouffant sur l'air enfumé de drogues qui tournoie dans son pod.

RENCONTRE AVEC NOTRE HÉROÏNE

« (L'Esclavage) c'est travailler et en recueillir un salaire suffisant tout juste pour retenir jour par jour la vie. »
PERCY SHELLEY

« Renée ! Renée ! Renée ! »

J'entends sonner l'alarme personnalisée de notre héroïne. Sa propre voix, enregistrée il y a de nombreuses années, la réveille au jour.

Je la surveille, subjugué.

Ses cheveux lèchent son oreiller tandis qu'elle se retourne, étalant ses boucles mordorées sur le coton rose. Du mucus cristallisé pendouille d'un œil défiguré par un abus de Botox qu'elle s'est injecté elle-même. Sa joue gauche, celle qu'elle n'a pas enjolivée avec du plastique, commence à se transformer, passant du saumon au puce puis au beige. Ses jambes arquées s'entrecroisent sous la couette, telles une paire de ciseaux laborieux.

Une tache de naissance en forme d'étoile marque sa lèvre inférieure. Ici, une cicatrice en forme de haricot. Là, un sourcil trop épilé, rafistolé avec des cils artificiels, épaissi avec du gel et souligné d'eye-liner rose.

Peut-être pouvez-vous également la voir. Peut-être pouvez-vous la voir tandis qu'elle agite la main pour faire taire le réveil. Peut-être pouvez-vous l'entendre tousser tandis que son pharynx s'oppose à cet air pas cher. Renée n'a pas les moyens de s'offrir l'air frais des Alpes, ou l'air floral de la Nouvelle Forêt. Elle doit se contenter de cet air âcre et recyclé, qui a été filtré de l'atmosphère londonienne.

Un écran holographique flotte à cinquante centimètres de l'épaule droite de Renée. Il est fait de lumière rose translucide, avec un bord orange opaque, mais n'a pourtant ni substance ni poids. Renée peut voir au travers, mais ne peut échapper à l'information qu'il affiche de manière continue.

Sur la première ligne, la dette de Renée clignote en rouge, imposante : 113 410£ et douze pence. Et maintenant, treize pence. Sa dette augmente d'un penny toutes les vingt inspirations.

Sur la seconde ligne, en plus petit, se trouve la position de Renée dans le *Tableau des Travailleurs de Londres* :

CLASSEMENT GÉNÉRAL : 87 382ème (Moins 36 261)

Et, sur la troisième ligne, en encore plus petit, une série de tableaux mineurs apparaissent l'un après l'autre. Renée est montée de vingt mille places dans le Tableau du Sommeil, dépassant Paul Podell. Elle entretient une rivalité imaginaire avec cet homme, bien qu'elle ne l'ait jamais rencontré. Elle n'a jamais rencontré personne en chair et en os, mais cette rivalité fictive donne à Renée une raison de vivre.

Podell l'a dépassée dans le Tableau du Réveil :

— Maudite sois-tu, Renée !

Ses tableaux alternent :

Classement Ronflements : 1 527 361ème (Moins 371 873)
*** 231 places derrière Jane Smith ***
Classement Tortillements : 32 153ème (Plus 716)
*** 5 253 places derrière Sue Wright ***
Classement Contrôle Salivaire : 2 341 568ème (Plus 62 462)
*** 17 places devant Paul Podell ***

— Youpi ! J'ai réussi !

***

Le haut-parleur fredonne : « Je suis la seule Moi, meilleure que tous les Autres-moi. »

S'entendre réciter ce mantra met toujours Renée d'excellente humeur.

Bien entendu, c'était un mensonge éhonté. Renée n'était pas « meilleure que tous les Autres-moi ». Plus de quatre-vingt-sept mille personnes la devançaient dans le Tableau des Travailleurs de Londres. Mais Renée n'était pas le genre de personne à laisser un fait gênant se mettre en travers d'une fiction très appréciée.

Elle justifiait sa croyance à sa manière : en se disant que

quatre-vingts millions de personnes vivaient à Londres, ce qui la plaçait dans le premier centile, qui était le meilleur centile, ce qui signifiait qu'elle était la meilleure. Elle avait atteint la première place du Tableau Tapage de Tête pendant trois secondes complètes, en 2072 – elle serait donc première de classement pour le restant de ses jours. Et, de toute manière, elle était toujours en tête du « Classement d'Excellence de Renée », un tableau qu'elle s'était créé elle-même.

Ses mantras continuaient de passer en boucle :
« Je dois m'habiller, penser et agir d'une manière unique. »
« Je ne peux rien avoir pour rien. »
« Je suis ce que je possède. »
« Trop d'une bonne chose peut être merveilleux. »
« Je serai heureuse à tout moment. »

Je pense que Renée avait sans doute écouté un de ses enregistrements d'hypnopédie cette nuit-là, parce qu'elle fit un soubresaut et proclama :

— Ah, oui. L'herbe est bleue.

Renée s'était créé une collection d'enregistrements, couvrant tout depuis l'astrologie jusqu'à l'horticulture, en passant par la musique et la danse. Leur contenu avait tendance à être erroné. L'herbe n'était pas bleue. Elle ne l'a jamais été et ne le sera probablement jamais. Mais Renée le croyait de tout son cœur. Puisqu'elle n'avait jamais adressé la parole à quiconque, ses opinions n'avaient jamais été contestées ni corrigées.

Cela ne signifie pas que Renée ne recevait pas de nouvelles informations provenant de sources externes. Dès son réveil, ses avatars la bombardaient d'un flot incessant de faits et de chiffres. Certains étaient extraits d'Internet. Certains étaient vrais. Mais ces informations étaient personnalisées : recueillies depuis des sources choisies par Renée, adaptées à ses préférences individuelles et complémentées par sa propre propagande. Elles venaient confirmer tout ce qu'elle croyait déjà.

Son avatar préféré, Moi-Vert, s'exprimait avec une voix identique à la sienne – audacieuse, avec une trace de suffisance et un soupçon de frivolité juvénile :

— Le Classement d'Excellence de Renée vient de sortir et il semblerait que Moi, Renée Ann Blanca, sois le meilleur être vivant. Bien joué, Renée ! Je suis une superstar.

Renée frotta le mucus qui lui encroûtait l'œil.

— Prévisions professionnelles du jour : marché compétitif, avec une chance de travail à l'heure. Une zone de basse pression est attendue depuis l'ouest de la ville en début d'après-midi, donc n'oublie pas d'emporter ton bleu de travail. Sache également qu'il y a dix pourcents de risque d'une tempête de licenciement au crépuscule.

Une subtile brume de Prozac fut pulvérisée au-dessus de la tête de Renée. Elle inspira et sourit. Dix pence furent ajoutés à sa dette.

— Soldes ! Mes avatars sont vieux, moches ou fatigués ? Je suis prête à passer au dernier modèle de compétition ? Alors je visite www.AvatarsDeRenée.moi pour me trouver un tout nouvel avatar dès aujourd'hui. Qu'est-ce que j'attends ?

Renée se tourna vers Moi-Vert et sourit. Les coins de sa bouche se relevèrent, rapprochant son menton de son nez, et révélant des dents qui avaient été nettoyées, blanchies et polies.

Comme tous ses avatars, Moi-Vert était une copie numérique de Renée.

Les avatars de Renée étaient faits de *Lumière solide*. Vous pouviez les traverser, mais vous ne pouviez pas voir au travers. Ils ne brillaient pas comme des hologrammes normaux. Ils étaient parfaitement réalistes, avec un contour en peau et des cheveux qui flottaient.

Tous les avatars de Renée ressemblaient à Renée, se comportaient comme Renée, parlaient comme Renée et disaient toutes les choses que Renée voulait dire ou entendre. Entre eux, ils assouvissaient son besoin de compagnie, lui permettant d'assumer la responsabilité personnelle de ses besoins sociaux sans devoir entrer en contact avec qui que ce soit.

Moi-Vert était l'avatar préféré de Renée. Il avait été créé lors de l'un de ces jours ensoleillés où tout se transforme en or. Une bonne journée, durant laquelle Renée avait gagné plus qu'elle n'avait dépensé, reçu la promesse de trois jours de travail entiers, obtenu le score le plus élevé à son jeu vidéo préféré et mangé un sandwich au fromage grillé pour dîner. La simple vue de Moi-Vert rappelait à Renée ce bon vieux jour. Il avait l'apparence exacte de Renée ce jour-là et était vêtu d'une robe verte couverte de paillettes et de perles. Ses joues n'étaient pas abîmées par la chirurgie esthétique et ses yeux n'étaient pas endommagés par du Botox.

— Offre Spéciale ! Si je me rends à Old Kent Road aujourd'hui, il ne me sera facturé que trois pence par cent pas. Jamais il n'y a eu de meilleur moment pour rendre visite à la statue de mon cher oligarque, Cheikh Mansour le Quatrième.

Souhaitant faire plus de place dans son pod, Renée appuya sur un bouton et Moi-Vert disparut.

Presque tout le monde vit dans un pod. Ceux-ci sont tous légèrement différents pour refléter le fait que leurs locataires sont tous légèrement différents, mais ils ont tous une chose en commun : ils sont extrêmement petits. Le prix de l'immobilier a grimpé tellement ces cent dernières années que les générations successives ont été forcées de déménager dans des maisons plus petites que celles dans lesquelles leurs parents avaient vécu. Les maisons furent divisées en appartements. Les appartements furent divisés en logis à une chambre. Ces logis furent divisés, sous-divisés et compartimentés.

Le pod de Renée faisait tout juste deux mètres de long sur un mètre de large et un mètre de haut. Il était enrobé de métal synthétique et éclairé par des centaines d'ampoules LED. Un matelas en plastique couvrait trois-quarts de la superficie au sol, dissimulant un trou qui servait à la fois de toilette, de canalisation et d'évier. Au plafond se trouvait un robinet qui pouvait servir de douche, quoique l'eau soit si chère que Renée l'utilisait rarement. Prendre une douche assise ne lui semblait pas en valoir la peine.

Un écran digital couvrait tout un côté du pod. En face se situait l'étagère où Moi-Vert avait été allongé. Au bout de l'étagère se trouvaient les vêtements et chaussures de Renée, ainsi qu'une barrette : un petit appareil qui recueillait des données, prenait des photos et générait les hologrammes de Renée – ses classements, avatars et affaires virtuelles. Renée tirait son identité de ce qu'elle possédait, mais, ne pouvant se permettre énormément de vraies choses, elle collectionnait plutôt les accessoires virtuels. Les seules autres affaires matérielles sur cette étagère étaient un peu de nourriture, beaucoup de maquillage, un grille-pain, un couteau, une bouilloire et un micro-ondes, que Renée avait réparé en utilisant un des fusibles de son robot Babytron.

Oh non ! Je vous en prie, ne jugez pas Renée trop sévèrement ! Il est vrai qu'elle a démantelé ce robot dès qu'elle a pu survivre sans. J'imagine que vous pourriez trouver cela assez ingrat. Mais Renée n'avait aucun concept de ce qu'était la gratitude. Elle n'avait elle-même jamais éprouvé ce sentiment. Son robot était tombé en panne. Renée avait donc pensé qu'il était dans son intérêt de garder les pièces utiles et de jeter le reste.

Renée tapa sur son écran.

Moi-Sexe apparut.

Moi-Sexe ressemblait à une version garçonne d'elle-même. Pour le créer, Renée s'était coupé les cheveux et déshabillée, et avait utilisé du maquillage pour ombrer ses pommettes, ses sourcils et son nez.

Renée activa son pénis, sa barbe et sa poitrine plate virtuels. D'un geste nonchalant du poignet, elle fit glisser ces hologrammes en place et ordonna à Moi-Sexe de s'allonger.

Elle retira sa culotte, plaça un oreiller entre les cuisses de Moi-Sexe, et commença à se déhancher.

Moi-Sexe joua le jeu.

— Oh, oui ! couina-t-il. Donne-moi tout, Renée. Oh oui ! C'est comme ça que je l'aime. Je me connais, ma fille. Oh oui ! Je suis la meilleure. C'est si bon !

Un brouillard de plus en plus épais d'hormones sexuelles remplit le pod.

Renée haleta, aspirant une goulée d'ocytocine chimique, qui monta directement dans son hypothalamus.

— Oui ! Juste là. C'est ça. Oui, Renée, oui !

La dopamine chimique de l'air se mêla à la dopamine naturelle dans son sang. Des milliards de molécules enivrantes déferlèrent dans son cerveau. Une cascade de réactions chimiques et électriques envoya des étincelles ricocher dans sa cervelle, réorganisant la réalité intérieure de son esprit.

113 411,43£

113 411,73£

113 412,03£

Le pouls de Renée accéléra. Son souffle s'approfondit. Son utérus se contracta, convulsa et rougit sous l'effet d'une vague d'extase orgasmique. Des sécrétions vaginales s'écoulèrent le long de l'intérieur de sa cuisse.

Elle s'effondra à travers Moi-Sexe et atterrit avec un bruit sourd.

— Un virus ignoble s'attaque à mes avatars. Ce sont les terroristes ! Les terroristes ! Le virus Oblitération menace mon existence. Oh, comment pourrai-je vivre sans mes adorables avatars ? À quoi bon continuer à vivre ?

Renée appuya sur un des boutons de son écran et Moi-Sexe disparut.

Elle détestait ça, quand Moi-Sexe diffusait des informations immédiatement après leur rapport. Cela gâchait son plaisir, mais elle n'avait pas les moyens de s'offrir un modèle sans publicités.

Elle pianota sur son écran, naviguant sur Amazon pour acheter un anti-virus. Cinq livres furent ajoutées à sa dette.

Elle retapa sur son écran.

Le cocktail parfumé unique et personnalisé de Renée remplit le pod. C'était un mélange parfaitement infect de cannelle et de camphre, contaminé par un relent de fumier et une bouffée de jambon pourri. Personne n'avait jamais dit à Renée qu'elle empestait et elle croyait donc sentir divinement bon. Moins on en sait, mieux on se porte, dit-on :

— Comme je sens bon ! Maintenant, je dois m'habiller pour impressionner.

Les vêtements de Renée étaient tous fabriqués par Nike. Les vêtements de *tout le monde* étaient fabriqués par Nike, qui avait racheté la compétition et établi un monopole en 2052. C'est un des grands principes de l'individualisme, un principe que vous devez comprendre : chacun doit bien évidemment être différent, mais leurs différences doivent se conformer. Pour être un véritable individu, tous doivent porter des vêtements différents et, pour surpasser tous les autres, tous doivent personnaliser leurs vêtements. Mais ces vêtements doivent tous être fabriqués par Nike. C'est tout simplement inéluctable et personne ne pourrait concevoir un monde dans lequel existerait une alternative.

Renée possédait deux exemplaires de chaque vêtement : deux culottes, deux robes et deux soutien-gorge. Elle avait ajouté des paillettes à ses chaussures, qui avaient des lacets de couleurs différentes. Elle avait déchiré ses deux tee-shirts, ajouté des pièces de tissu à ses deux pantalons, et inventé un logo en forme de bonne femme allumette, sa marque individuelle, qu'elle dessinait sur toutes ses affaires.

Elle posa les yeux sur un *Swoosh* de Nike :

— *Just do it*. Ouais ! Je vais le faire !

Elle vernit ses ongles, étala du fond de teint sur son visage, du gloss sur ses lèvres et du mascara sur ses cils. Elle attacha ses cheveux en queue de cheval, y glissa sa barrette et tapa sur l'écran. Un nœud papillon, un collier en or et une broche en forme de fleur holographiques apparurent devant elle. Renée les fit glisser à leur place :

— Voilà, je dois vraiment créer un nouveau look individuel chaque jour. Je ne porterai jamais deux fois le même accessoire !

Un élan de devoir soudain circula dans les veines de Renée :

— Je dois bosser, bosser, bosser. Sans me défiler, filer, filer !

Elle était sur le point de sortir de chez elle le ventre vide, mais elle se ravisa et engloutit un substitut de toast vitaminé – un machin à la texture de carton qui contenait tous les bienfaits du pain grillé mais peu de ses saveurs.

Elle avala une cuillère de confiture fœtale.

Cette nourriture était dégoûtante et Renée en était consciente, mais elle n'avait d'autre choix que de la manger.

Quand, en 2045, Nestlé monopolisa l'approvisionnement en denrées alimentaires, le conglomérat commença à utiliser une forme de publicité appelée la *Perception sans Conscience*. Permettez-moi de vous expliquer : imaginez que vous dépassiez quelqu'un qui siffle. Vous n'êtes pas *conscient* de son sifflotement mais, sous peu, vous vous retrouvez à siffler le même air. Votre subconscient a *perçu* l'air et vous a influencé à agir.

Le logo du substitut de toast vitaminé de Nestlé était formé de deux rubans mauves. La veille, Renée avait aperçu plusieurs rubans mauves en jouant à un jeu de réalité virtuelle. Elle avait complété des mots croisés qui incluaient toutes les lettres composant les mots « substitut de toast vitaminé ». Dans ses accessoires virtuels, elle avait un ruban jaune et une ceinture mauve.

Renée n'était pas *consciente* de ces choses, mais son subconscient les avait *perçues*. Par conséquent, elle se sentait contrainte de manger ce toast. Même s'il ne lui apportait que peu de plaisir, cela lui paraissait approprié.

Elle se balança en mangeant. Renée se balançait toujours quand elle mangeait. Elle pensait que c'était sa propre idiosyncrasie.

Son ventre gronda.

Prenant la responsabilité personnelle de sa faim, elle tapa sur l'écran, approcha ses lèvres entrouvertes de la bouche d'aération, et avala un coupe-faim gazeux. Elle mit ses Plentilles et son masque à gaz – un appareil transparent qui recouvrait toute sa tête. Celui-ci contenait un microphone, des haut-parleurs, une fente en forme de tiroir pour la nourriture et deux tubes. Un tube filtrait l'air vicié, moyennant finance, ce qui lui permettait de respirer dehors. L'autre lui apportait un flot continu d'antidépresseurs.

Elle était prête à affronter la journée.

***

Dès que Renée se glissa par sa trappe, quatre avatars apparurent à ses côtés.

Moi-Vert, Moi-Original, Moi-Spécial et Moi-Extra parlèrent de concert :

— Protection contre le virus Oblitération accomplie. Je me suis sauvée juste à temps.

— Vive moi. Youpi !

— Les terroristes veulent me tuer.

— Pour augmenter mes chances de trouver du travail, je devrais me rendre à Oxford Circus.

— Les terroristes veulent me voler mes biens précieux.

— Les terroristes veulent ma bouilloire.

— Ma trappe va être défoncée.

— Verrouille la trappe !

— Verrouille la satanée trappe !!!

Les avatars de Renée reflétaient ses anxiétés personnelles.

Elle paniqua, inspira des antidépresseurs, se reprit, ferma la trappe, la fit tourner, la verrouilla ensuite avec une clé, puis avec un code de sécurité, ajouta le cadenas et ensuite l'antivol :

— Ah, oui. Je pense que je vais aller à Oxford Circus.

— Quelle idée épatante !

— Je n'aurais pas pu imaginer de meilleur plan.

— La vache, Renée. Je suis trop top.

Renée se trouvait debout sur une saillie qui s'était rabattue quand elle s'était glissée dehors. Faite de métal perforé, elle était aussi large que son pod, mais ne faisait que soixante centimètres de profondeur. Deux de ses avatars n'avaient d'autre choix que de faire du sur-place à côté d'elle.

Cela ne les empêcha pas de parler. Les avatars de Renée ne cessaient de parler : ils la complimentaient, répétaient ses pensées et lui dispensaient de nouvelles informations. Elle était constamment entourée de voix, même si ces voix n'étaient qu'un écho de la sienne.

L'ascenseur arriva en vrombissant depuis le côté, ajoutant cinq pence à sa dette, et ouvrit ses portes. Renée entra, descendit quatre-vingts mètres et arriva au rez-de-chaussée de *Podsville* – une vaste étendue de pods qui s'étirait de Euston à Holborn et à Bank. Les oligarques avaient transféré tout le monde dans ce lotissement, peu après avoir acheté toutes les terres de Grande-Bretagne.

Les avatars de Renée la guidèrent le long d'une allée qui sinuait entre deux rangées de pods ; une artère sombre et ombragée, où tout semblait être aspiré vers un rayon de lumière éloigné. Les murs eux-mêmes ressemblaient à la morgue personnelle de Dieu : un réseau de carrés argentés éraflés qui s'étendait à perte de vue. Le sol luisait d'une lumière électrique. Fait de pavés à l'ancienne, il semblait un peu trop propre pour être vrai. Le ciel était ridiculement distant. L'obscurité était ridiculement proche.

113 418,01£

113 418,02£

La dette de Renée augmentait d'un penny tous les vingt pas.

Elle marcha à grands pas, presque par bonds, pour en avoir pour son argent. Elle sillonna les allées à toute vitesse :

— Vouloir maintenant, avoir maintenant, commander maintenant, consommer maintenant.

— Je dois bosser, bosser, bosser. Sans me défiler, filer, filer.

— L'avenir appartient à ceux qui se lèvent tôt.

Renée filait à toute vapeur.

L'acier succéda à l'acier. Le smog tomba du ciel. La lumière endormie, comateuse, semblait provenir d'un autre monde lointain, jusqu'au moment où elle jaillit, pleine de vie.

Elle aveugla notre Renée et lui fit tourner la tête.

— Je devrais tourner à gauche pour aller à Oxford Circus.

Renée vira sur la gauche, buta contre Moi-Original et faillit trébucher sur un chat mort.

Moi-Extra feignit de s'être blessé et Moi-Vert fit la grimace.

Avec son orteil, Renée poussa le chat de côté :

— Foutu Moi-Original inutile ! C'est comme si j'essayais d'entraver mon chemin. J'aurais dû me débarrasser de moi il y a des années.

Renée en était venue à mépriser Moi-Original. C'était le premier avatar qu'elle s'était acheté, à l'époque où elle avait quatre ans. Bien que sa personnalité eût été mise à jour, amassant de nouvelles données basées sur les pensées, les actions et le langage de Renée, son corps était resté le même. Moi-Original ne faisait que quatre-vingt-dix-sept centimètres de haut, avait des couettes et des taches de rousseur. Il avait du mal à suivre et était souvent dans les pieds de Renée. Même s'il ne pouvait pas faire trébucher notre Renée, ou même être blessé par elle, celle-ci se sentait tout de même obligée de lui faire de la place. C'était comme si elle éprouvait un devoir de diligence à l'égard de son moi plus jeune.

Elle détestait ça ! Elle détestait Moi-Original. Il lui rappelait constamment combien elle avait été faible.

Elle inspira des gaz et marmonna son mantra préféré :
— Je suis la seule Moi, meilleure que tous les Autres-moi.
Et ensuite :
— Meilleure que mes avatars. Meilleure que Moi-Original. Meilleure que quand j'avais quatre ans. Meilleure que jamais !

Cela mit Renée de meilleure humeur, bien qu'elle ne pût s'empêcher de dénigrer une dernière fois Moi-Original :
— Je vais suivre, oui ou non ? Je n'ai pas toute la journée !
Moi-Original salua Renée et sprinta droit devant.

Ils se dirigèrent vers Russell Square, une étendue bétonnée cachée sous la Tour Nestlé. Cette usine produisait suffisamment de nourriture pour alimenter toute la population de Podsville, élaborant des repas synthétiques dans des cuves géantes, avant de les livrer par drone.

Comme la plupart des immeubles de ce quartier, la Tour Nestlé était faite de verre bleu-vert. Les panneaux du bas brillaient si vivement qu'ils donnaient à Renée la migraine, mais leur luminosité déclinait avec l'altitude. Au centième étage, la Tour Nestlé était plus noire que verte. Et, au trois-centième étage, elle disparaissait dans le smog qui pesait sur Londres comme une perruque : toxique, clairsemé et gris.

113 418,38£

113 418,39£

Elle traversa Montague Place au galop, passa devant la maison de ville d'un oligarque, qui abritait autrefois le British Museum, et se moqua des autres avatars dans la rue. Renée ne regardait même pas ces avatars. Elle ne les écoutait, ne les touchait et ne les reniflait pas. Elle ne pouvait pas plus être sûre que ce fussent bien des avatars, et non de vraies personnes. Ses Plentilles rectifiaient sa vision, faisant ressembler les gens à des avatars. De plus, les haut-parleurs de son masque à gaz couvraient souvent leurs voix. Mais elle était néanmoins vaguement consciente de leur présence, et sûre qu'elle les détestait tous.

— Celle-ci porte une barbe !

— Quel genre de femme se fait pousser la barbe ?

— Celui-là a des narines flasques et la peau moite.

— Quel tas de sueur au nez en gelée, dis donc.

— Et celui-là : il est si brûlé par le soleil qu'on dirait une orange !

— L'enfer fluorescent descendu sur Terre ! Du jus d'orange sur pattes ! Mazette.

Balancer des insultes était le passe-temps préféré de Renée, et c'était toujours Moi-Spécial qui l'y encourageait : lui décrivant les avatars qu'elle tournait au ridicule. Moi-Spécial avait été créé quand Renée s'était sentie meilleure que les autres. Elle venait d'être nommée *Travailleur du jour* par Balfour Beatty, et les vestiges de cette supériorité s'étaient insinués dans son programme. Il avait même un air hautain. Ses mèches étaient faites de lumière solide dorée, ses jambes arquées étaient raidies et son dos était droit. Il se mit à dénigrer les autres avatars de Renée :

— Le monosourcil de celui-ci ressemble à une limace géante.

— À une grosse limace graisseuse ! Imbécile d'avatar.

— Si plein de sa lumière chaude !

— Stupide lumière chaude.

— Avec sa bouche véreuse et son regard glouton.

— Glouton ! Oui, glouton !

Oh, vous jugez Renée, n'est-ce pas ? Cher ami, j'en suis sûr ! Eh bien, je ne vais pas la défendre. Ce persiflage n'était pas digne d'elle. Mais essayez de vous mettre à sa place. Renée n'avait jamais rencontré personne. Elle ignorait si les autres avaient des sentiments, et n'avait pas la moindre idée de comment leur parler. Elle ne savait pas si quiconque écoutait. Puisqu'elle ne pouvait entendre qui que ce soit, elle supposait qu'ils étaient tous très silencieux. Et cela donnait envie à Renée d'être bruyante, d'être différente, tel un véritable individu. Et, de toute manière, elle s'en fichait. Se moquer des autres avatars la mettait de bonne humeur, ce qui lui faisait économiser une fortune en antidépresseurs. Elle était persuadée que tout le monde faisait pareil, quoique pas aussi bien qu'elle. Elle ne faisait que dire tout haut ce que les habitants de votre époque auraient pu penser tout bas. Et certains avatars méritaient vraiment ses moqueries. De nos jours, les avatars sont soit parfaitement étranges, soit étrangement parfaits. J'ignore lequel est pire.

Prenons celui-ci, par exemple. Pouvez-vous le voir ? Je peux tout juste le discerner moi-même, avec son pantalon en velours côtelé brun, attaché par une corde, et ses chaussures plus éraflées que l'établi d'un charpentier ; avec son visage poupin et brillant qui ne va pas tout à fait avec son corps, et sa tresse qui s'agite à chaque mouvement.

Bien que son torse fût raide et figé, sa main était glissée dans son pantalon, allant et venant, de haut en bas. Le velours côtelé brun bougeait comme les battements d'un cœur terrifié. Ses yeux étaient fermés avec une ferveur lubrique.

Le vent semblait murmurer son prénom : « Rah... Rah... Renée ? »

Mais Renée n'écoutait pas. Elle était trop occupée à le regarder se masturber.

— Il se branle en public ! Quelle tapette !

Elle fit tut-tut, secoua la tête et accéléra le pas. Elle sautilla en traversant Bedford Square, passa devant le *Monument à la Main Invisible*, galopa le long de Tottenham Court Road et tourna sur Oxford Street.

Autrefois un paradis du shopping, où des vitrines tape-à-l'œil attiraient les chalands, Oxford Street avait depuis longtemps été engloutie par la *Zone Industrielle West End*. Les derniers commerces avaient fermé leurs portes quand Amazon était devenu le revendeur exclusif, vendant de tout en ligne et le livrant par drone. De nos jours, il n'y a plus aucun magasin à Londres. Il n'y a pas plus de pubs, de cinémas ou de parcs. Il n'y a pas d'arbres. Ils ont été abattus car ils ne généraient pas suffisamment de bénéfices. Il n'y a pas d'oiseaux. Ils sont partis car il n'y avait plus d'arbres.

À la place, les rues fourmillent d'une infinité de silhouettes colorées, qu'elles soient avatars ou personnes. C'est vraiment dommage que Renée ne les ait jamais remarquées, si vous voulez mon avis, parce qu'elles sont toutes assez splendides.

Celle-ci portait des vêtements gothiques. Celle-là était vêtue comme un hippie. Celles-ci étaient habillées comme des mods, des motards, des punks, des hipsters, des geeks, des raveurs, des rudeboys, des surfeurs, des hip-hoppers, des glam rockers, des skateurs, des soulboys et des trekkies. Celles-là étaient déguisées en clowns, en magiciens, en nonnes, en vampires, en dandys, en sorcières, en Écossais et en poivrots. Elles portaient toutes les couleurs possibles et imaginables. Elles avaient toutes les formes et toutes les tailles. Chacune était un véritable individu, avec son propre parfum, sa propre coiffure, sa propre chirurgie esthétique, sa propre démarche, ses manies et ses caractéristiques individuelles.

Si vous deviez parcourir cette incarnation post-moderne d'Oxford Street, vous seriez certainement émerveillé par la splendeur démentielle de ces individus. Derrière ceux-ci, vous verriez les vieilles façades en brique qui vous sont peut-être familières, préservées pour la postérité ou par nostalgie, ou parce que personne n'avait pris la peine de les démolir. Et, s'élevant au-dessus de ces quelques étages, vous verriez rangée après rangée de tours bleu-vert.

Chaque tour avait son propre son.

Les oreilles de Renée étaient assiégées par les caquètements incessants des machines confectionnant des matelas dans le Dépôt Ikea, les tapotements des ordinateurs faisant des calculs dans la Tour Visa et les vocalises de la Colonne Samsung.

Le bruit était incessant :
Clic-Clac
Tip-Tap
Yip-Yap

— Les yeux de Renée sont si verts.

— Ce bâtiment a été construit par les Martiens.

— Selena Frost a gagné trente-trois livres en travaillant pour Veolia.

— Vibros ! Vibros ! Vibros ! Je m'achète un Vilain Lapin dès aujourd'hui !

113 418,64£
113 418,65£

Renée était enfin arrivée à Oxford Circus.

**

Au cours du siècle dernier, la nature du travail avait évolué. Les emplois à vie avaient été remplacés par des postes à court terme. Les contrats zéro heures étaient devenus la norme. Ces contrats devinrent plus courts d'année en année et furent éventuellement abandonnés en 2047.

Sans garantie d'emploi, les individus n'avaient d'autre choix que de chercher un nouveau travail tous les jours ; rivalisant avec leurs pairs pour remporter tout travail à la pièce que les oligarques étaient prêts à leur donner.

C'était pour cette raison que Renée se trouvait ici, face à l'Interviewer de Podsicle.

Cet avatar était un reflet de l'oligarque qui possédait Podsicle Industries. Il était programmé pour suivre les ordres de l'homme, mais pas pour exhiber son humanité.

Ne vous y trompez pas ! Les avatars des oligarques peuvent extraire les informations des avatars d'une autre personne et les utiliser pour refléter la personnalité de celle-ci. Ils peuvent donner des instructions basées sur les objectifs commerciaux de leurs corporations. Mais ils ne manifestent ni caractère ni émotion. Ils sont purement rationnels et aucunement raisonnables. S'adresser à l'avatar d'un oligarque, c'est comme parler à un ordinateur. Ils ne peuvent être considérés comme un substitut de véritable contact humain.

Cependant, une chose était sûre : l'Interviewer de Podsicle était beau, oh si beau ! Jamais l'humanité n'avait vu plus beau spécimen.

Il reflétait un oligarque qui devait avoir été fait de muscles de luxe : le torse plat, les épaules larges et les membres longs. Les angles plus durs de son corps semblaient avoir été poncés, lissés et adoucis. Sa peau brillait et rappelait la terre cuite, la soie et l'émail. Il était effroyablement propre, comme s'il était pouponné, dorloté, manucuré et massé d'heure en heure.

L'attitude de cet avatar exprimait un sentiment parfaitement inconscient de suprématie ; reflétant un oligarque dont la supériorité était naturelle, sans vanité aucune. Il était simplement supérieur – tout comme un chat est simplement un félin, tout comme un oiseau a simplement des ailes. C'était un fait.

L'Interviewer de Podsicle regardait dans le vide, complètement indifférent à Renée. Les boutons de son costume fait sur mesure étincelaient. Le simple fait d'être en sa présence suffisait à évoquer l'arôme de la menthe et du miel.

Mais il était beau. Oh, si beau. Je ne peux insister suffisamment sur ce fait.

Il enregistra les données de Renée, utilisant une version amplifiée de la propre voix de celle-ci :

— Renée Ann Blanca. Travailleur 2060-5446. Âge : vingt-quatre ans. Dette : 113 418,65£. A travaillé deux heures hier. S'est masturbée à sept heures vingt-trois. N'a mangé qu'une tranche de toast pour le petit déjeuner.

Faisant comme si elle n'avait pas remarqué la beauté de l'avatar, Renée répondit :

— Présente.

Elle n'ajouta rien. Il lui était facturé vingt pence par mot quand elle s'adressait à l'avatar d'un oligarque. D'expérience, elle savait qu'ajouter des mots superflus n'augmenterait pas ses chances de décrocher un poste.

— Une seule tranche de toast ? Au nom du marché, comment cela pourrait-il apporter assez d'énergie pour une bonne heure de travail ?

— L'expérience.

— Hum, analysons tes données. Oui, les statistiques montrent que ce petit déjeuner a été consommé deux mille soixante-sept fois. En moyenne, deux heures et trente-trois minutes de travail ont été complétées suite à un tel petit déjeuner, générant un salaire moyen de vingt-six livres et treize pence.

— Exceptionnel !

— Je peux travailler si longtemps pour si peu.

— Je suis la meilleure employée du monde.

L'Interviewer de Podsicle sourit.

Renée fit la grimace.

— Il faut effectivement travailler dur, acquiesça l'Interviewer. Il a été scientifiquement prouvé que, pour chaque dix calories brûlées au travail, le salaire gagné est suffisant pour acheter au moins onze calories de nourriture.

— Cet avatar ne mérite pas de trouver du travail avant moi.

— Le taux de natalité a encore augmenté la semaine dernière.

— Investis ces revenus dans des calories, continua-t-il. Celles-ci apporteront du carburant pour travailler plus, ce qui générera plus de revenus.

— Il n'y a pas de meilleure industrie que l'industrie Babytron.

— Alors, combien de calories Renée peut-elle brûler pour Podsicle Industries aujourd'hui ?

— Je devrais postuler chez Babytron.

— Ma dette pourrait être effacée en 6 500 paiements à Visa

Repay.

— Ce pavé est fait en jade.

S'efforçant de répondre en dépit de ce bombardement d'informations, Renée ne parvint qu'à bredouiller :

— Beaucoup…euh… euh… Toutes !

Elle fit la grimace.

Quatre-vingts pence, pensa-t-elle. C'est ce que m'a coûté cette demande d'emploi : quatre-vingts foutus pence ! Pourquoi ai-je dit « Beaucoup » ? J'ai tout fichu en l'air. « Toutes » était la bonne réponse. Je le savais. Je le savais, pourtant. J'aurais dû dire « Toutes » dès le début.

Elle inhala goulument plus de gaz.

— Je me demande s'il va me donner du travail.

— Il ne voit pas qu'il a décroché le gros lot.

— Je ferais mieux d'aller travailler ailleurs.

L'Interviewer de Podsicle marqua une pause, se mordit la lèvre inférieure et tergiversa, avant de lancer :

— J'ai bien peur que cette candidature n'ait pas abouti. Mais sois fière ! Renée a surpassé quatre-vingt-dix-neuf pourcents des candidats. Félicitations ! Bravo !

« Ce serait un honneur et un privilège de te donner un feedback : cette broche pourrait être positionnée un peu plus à droite, et ces jambes pourraient être un peu moins arquées. Travaille là-dessus et n'hésite pas à revenir dans une heure. J'ai bien dit une heure. Pas trente minutes. Pas deux heures. Une Renée-heure. Pour le bien de moi. »

— Pour le bien de moi !

— Je suis la meilleure.

— Pff ! maugréa Renée. Moi-Original n'est pas le meilleur, d'avoir trahi ainsi mes pensées. Maudite sois-je ! Je me suis coûté un boulot et quatre-vingts pence.

Renée éclata d'un rire de chacal irrévérencieux et inhala ses antidépresseurs.

C'était ce qu'elle faisait toujours quand elle ne décrochait pas un poste : rejeter la faute sur ses avatars et inhaler des gaz.

Faire porter le chapeau à ses avatars, même quand c'était sa faute, était la manière détournée de Renée de prendre ses responsabilités personnelles. Puisque ses avatars n'étaient que des copies numériques, leur en vouloir revenait à s'en vouloir à elle-même. C'était un processus profondément cathartique, qui apaisait ses nerfs et soulageait sa tension émotionnelle ; lui permettant d'accepter ses fautes tout en continuant à croire qu'elle était parfaite.

L'inhalation de ses gaz injecta une dose d'antidépresseurs dans sa circulation sanguine. Elle se sentit beaucoup mieux et était d'humeur à décrocher un autre boulot.

Renée écrivit avec enthousiasme dans son carnet holographique : Tenir mes jambes un peu plus droites. Revenir dans une heure. Travail chez Babytron a l'air intéressant.

Elle repositionna sa broche et se dirigea vers Great Portland Street, où elle fut interviewée par un des avatars de Babytron : courtaud, doté d'un lecteur lumineux défaillant et d'un visage bouffi. Renée lui prêta très peu d'attention. Elle ne prononça que deux mots durant toute l'interview, « Super-extra-génial » et « Parfait », ce qui ne lui coûta que quarante pence. Mais sa candidature fut rejetée car elle n'avait encore jamais travaillé pour Babytron et n'avait pas l'expérience requise.

Elle posa ensuite sa candidature pour un emploi chez Microsoft. Le trajet jusqu'à leurs bureaux lui coûta quatre-vingt-douze pence rien qu'en pas, mais celui-ci n'aboutit pas à un poste.

Quand Renée finit par retourner à Oxford Circus, sa dette avait augmenté de plus de quatre livres. Mais elle n'était pas encore démoralisée. Une telle concentration de sérotonine circulait dans ses veines qu'elle se sentait plutôt euphorique. Elle croyait dur comme fer qu'elle était sur le point de décrocher le boulot de toute une vie.

— Ah, bien-aimée Renée. Travailleur 2060-5446. Dette s'élevant à 113 422,93£. A déjà soumis sa candidature à trois postes. A marché huit virgule trois kilomètres en une heure. Bravo ! Voilà qui est impressionnant.

Renée hocha la tête. Elle n'avait aucune envie de payer une réponse verbale alors qu'on ne lui avait pas posé de question.

— Il semblerait qu'un poste ait enfin été décroché. Félicitations ! Voici ce que Podsicle Industries peut faire pour Renée : lui offrir un stage non rémunéré. Il n'y a aucune garantie mais, si les performances du stagiaire atteignent le top deux pourcents, le stage pourrait être suivi par cinq heures de travail rémunéré. Réfléchis-y.

Renée n'y réfléchit pas.

— Oh oui ! s'écria-t-elle. Je vais le faire !

Une livre et vingt pence s'ajoutèrent à sa dette.

Ses avatars l'acclamèrent.

D'un ton prétentieux, l'Interviewer de Podsicle enchaîna :

— Le stage aura lieu à Dallington Street, à Clerkenwell. Pas à Dallington, Nouvelle-Zélande. Et pas à Darlington Street avec un « R ». *Dallington* Street.

Renée inscrivit dans son carnet holographique : Dallington Street. Pas en Nouvelle-Zélande. Pas avec un « R ».

— Mais dépêche-toi. Ce stage n'est pas garanti. Les places sont attribuées selon l'ordre d'arrivée.

Renée gribouilla : Premier arrivé, premier servi. Se dépêcher.

Elle souligna le mot « dépêcher ».

— Oh, murmura-t-elle.

— Dépêche-toi !

— Et que ça saute !

— Ce travailleur va arriver avant moi.

Renée le prit en chasse.

Détalant à grandes enjambées, elle dépassa le Dôme Apple et l'Usine de traitement des dettes de la Banque de Chine, vira sur Tottenham Court Road, sema l'avatar qu'elle pourchassait, tourna dans Bedford Square, passa devant le Monument à la Main Invisible, se moqua de l'avatar qui se masturbait, pensa entendre siffler son nom, « Rah... Rah... Renée », se persuada que non et entra dans Podsville, passant devant son pod presque trois heures après l'avoir quitté.

Ses avatars brillaient, illuminant un chemin dans ce dédale de ruelles.

Elle sortit de Podsville, sautilla le long de King's Cross Road, dépassa l'Acre Johnson & Johnson et arriva à Dallington Street.

Des tours de verre s'élevaient comme des stalagmites démoniaques, emprisonnant notre Renée entre le smog gris au-dessus et le béton gris au-dessous. Un panneau d'affichage en trois-dimensions s'étendait au-dessus de sa tête ; vantant le cola, les pensions et le mascara, passant du rouge au vert puis au bleu. D'un côté de la rue se trouvait un « MOI » en lettres géantes, usé par le temps, dont l'ombre tombait sur la moitié du visage de Renée. De l'autre côté se trouvait l'empire Podsicle : un bâtiment gigantesque couvert de millions d'autocollants qui clamaient « Zone exempte d'humains ».

Pantelante, Renée leva les bras au ciel et laissa ses avatars l'acclamer :

— Je suis arrivée !

— Vive moi !

— Youpi ! Bravo !

Ses avatars guidèrent Renée jusqu'au Superviseur de Podsicle ; un double de l'Interviewer de Podsicle, avec les mêmes épaules ciselées et la même peau éclatante.

Les yeux dans le vide, il parlait d'un ton qui ne dissimulait nullement son manque d'intérêt. C'était comme s'il exécutait un programme informatique. Ce qui, évidemment, était le cas :

— Renée Ann Blanca. Travailleur 2060-5446. Dette : 113 424,73£. Pouls : Quatre-vingt-dix-sept. Fréquence respiratoire : Trente-neuf. Transpiration : Quatre. Calories disponibles : Mille soixante-sept.

Renée attendit la suite, mais cet avatar avait un bug. Il clignota, bafouilla, marmonna quelque chose d'inaudible et, enfin, enchaîna :

— Ce stage nécessite une série de tâches conçues pour générer de l'énergie cinétique pour Podsicle Industries. Ici à Podsicle, la génération d'énergie cinétique est prise très au sérieux.

Renée hocha la tête.

— Ce stage implique les tâches suivantes : trois mille bonds, deux mille sauts à la corde, mille flexions-pompes-extensions et treize coups sur la tête.

— Treize ?

— Oui, treize. Quel nombre splendide de coups sur la tête ! Renée échouera au stage, et recevra un zéro en Obéissance, si sa tête n'est pas tapée exactement treize fois. Pas douze fois. Pas quatorze fois. *Treize fois !* Podsicle Industries adopte une politique de tolérance zéro en matière d'insubordination.

Renée hocha la tête avec enthousiasme.

— Ah, un hochement de tête. Oui, c'est très bien. Deux points bonus seront ajoutés au score de Renée. Bien joué. Bravo !

Renée fit un grand sourire. Elle adorait déjà son boulot.

Bien évidemment, elle ne produisait rien de valeur, mais Renée ne produisait *jamais* rien de valeur. Elle n'en avait pas besoin. De nos jours, tout est produit par des machines, automatisé par des ordinateurs et transporté par drone. Le travail existe uniquement pour distraire les gens ; pour s'assurer qu'ils sont trop occupés pour se soulever contre les oligarques et les renverser. Le travail est censé être un défi : les gens veulent travailler plus pour pouvoir gagner plus et donc consommer plus. Ils veulent être meilleurs que leurs pairs, atteindre la tête des classements et mériter les louanges de leurs patrons. Le travail est censé être addictif : alimentés par la peur de l'échec et poussés par l'envie du succès, les gens peuvent ainsi tuer le temps ; échapper à leurs vies, leurs sentiments et leurs pensées. Mais le travail n'est pas censé être productif. Oh non, chers amis. Ça non !

Renée sourit. Soulagée d'avoir trouvé de quoi s'occuper, elle rêvait néanmoins de décrocher un poste rémunéré, et craignait que sa dette ne devienne ingérable dans le cas contraire.

Ses avatars se chargèrent de compter ses bonds :

— Soixante-dix-et-quelques.

— Trois cents je ne sais combien.

— Six cents et plus. Youpi ! Regarde-moi travailler !

En attendant, Renée se parla à elle-même :

— Rien ne peut être accompli sans persévérance... Une calorie brûlée égale deux calories gagnées... Je dois faire mes preuves...

De la sueur trempa son tee-shirt, tachant l'ourlet et décolorant son nœud papillon holographique. De l'acide lactique circula dans ses veines. Ses muscles tressaillirent.

Elle s'encouragea :

— Pas de réconfort sans effort.

Et puis :

— Le plus d'effort, le plus de réconfort.

— Mille.

Renée fit un saut en étoile, inspira, expira, et commença à sauter entre un robot chargeur et l'empire Podsicle lui-même.

113 426,14£

113 426,15£

Un penny lui était facturé tous les vingt sauts. Lorsqu'elle eut terminé, elle avait dépensé une livre sur cette seule tâche. Depuis son réveil, elle avait dépensé seize livres sans gagner un seul penny. Son corps était au bord de l'épuisement et son esprit était à bout, mais ses mantras l'aidaient à continuer :

— Le dur labeur est vertueux.

— Je suis si vertueuse.

— Oh ça oui.

— Ma majesté.

— Oh moi dans les cieux.

Ses avatars l'encouragèrent pendant qu'elle effectuait ses flexions-pompes-extensions et se tapait sur la tête. Ils caquetaient toujours lorsqu'ils l'accompagnèrent devant le Superviseur de Podsicle :

— J'ai si bien travaillé.

— Je n'ai jamais fait une flexion-pompe-extension pareille.

— Jamais ! Et mes sauts ! Alléluia, louée sois-je !

— Oh la ferme, je veux bien ? Pauvre, pauvre de moi.

La fatigue avait rendu Renée irritable, mais elle trouva du réconfort dans ses classements. Elle avait grimpé de plus d'un million de places dans le Tableau Flexion-pompe-extension et atteint le top dix mille dans le Tableau Saut à la corde, bien que son classement dans le Tableau Respect eût chuté à cause de son saut en étoile.

En voyant cela, Renée paniqua, inspira des antidépresseurs, expira et sourit.

Le superviseur de Podsicle fronça les sourcils :

— Ce stage est infructueux. Renée Ann Blanca, travailleur 2060-5446, a surpassé quatre-vingt-dix-sept pourcents des stagiaires, mais n'a pas atteint le top deux pourcents. Cependant, Podsicle Industries est la meilleure, meilleure que tout le reste. Elle est si magnanime qu'elle va offrir à Renée une autre chance. Si Renée rejoint l'Interviewer de Podsicle endéans trente minutes, Renée gagnera trois heures et demie de travail rémunéré. Pour le bien de moi !

— Pour le bien de moi.

— Je suis la meilleure.

Renée était déjà en train de courir.

Sa vision se brouilla et elle commença à avoir la nausée, mais elle persévéra en trébuchant :

— Tombe sept fois, relève-toi huit fois.

Elle sortit un tube de substitut calorique à moitié vide de sa poche, ouvrit le compartiment à nourriture de son masque à gaz, et se mit à le sucer.

Cent calories... Cinq cents... Mille... Deux mille...

Cette pâte contenait tous les nutriments nécessaires à Renée, mais aucune des saveurs que l'on pouvait désirer. En plus d'être gorgée de calories, elle était également riche en protéines, en vitamines et en glucides. Elle goûtait la craie et le sel.

Renée s'autorisa une seconde pour digérer son repas, but de l'eau dans une flaque, s'accrocha, se ressaisit et fonça.

***

— Renée Ann Blanca. Travailleur 2060-5446. Âge : vingt-quatre ans. Dette : 113 427,88£. Stage terminé. Arrivée en vingt-neuf minutes et douze secondes. Calories disponibles : deux mille cinquante-neuf. Ah ! Splendide, n'est-ce pas ? Oui, Renée est fantastique. Bravo ! Podsicle Industries est ravie d'offrir à Renée trois heures de travail pour un salaire plus que généreux de dix-neuf livres et six pence.

Renée jubilait tellement qu'elle ne réalisa pas qu'elle avait perdu trente minutes de travail. Elle sauta de joie, sourit d'allégresse, beugla, hurla et tournoya.

— Présente-toi à Podsicle Palace, ma maison londonienne, située à la jonction entre The Mall et Constitution Hill. J'ai bien dit « The Mall ». Pas « The Hall ». Pas « The School ». « The Mall ».

The Mall, gribouilla Renée. Constitution Hill. Pas Hall. Pas School.

— La première tâche de Renée sera de déplacer le mobilier du Salon Jaune au Salon Blanc. Du jaune au blanc. Pas du jaune au vert. Pas du blanc au bleu. Et attention ! Ce sont des objets de valeur. Ce n'est pas le genre de travail qui pourrait être confié à une machine.

C'était exactement le genre de travail qui pouvait être confié à une machine.

Salon Jaune. Salon Blanc. Pas se fier aux machines.

— Quand cette tâche aura été complétée, une dernière tâche te sera confiée.

Complétée. Confiée.

— Eh bien ? Au nom du marché, qu'est-ce que Renée attend ?

Renée leva les yeux, se figea, se défigea et tourna les talons. Elle se précipita le long de Saint George Street, Bruton Lane et Berkeley Street, avant d'arriver devant Podsicle Palace ; un bâtiment historique à la façade en pierre de Bath et entouré d'asphalte rouge, qui avait servi de résidence à plusieurs monarques britanniques. Vous pourriez l'avoir connu sous le nom de *Buckingham Palace*.

Le portail s'ouvrit et Renée le franchit. Ne prêtant aucune attention à ce qui l'entourait, elle se concentra sur ses avatars, qui la menèrent au Grand Hall.

Un tapis rouge, de la couleur des organes internes, luisait

d'une lueur ambrée. De hauts miroirs reflétaient leurs propres cadres dorés, les motifs majestueux du plafond et la lumière émanant de cent lustres. Même les espaces blancs semblaient légèrement jaunes.

Une odeur de renfermé, qui évoquait le passé, se mêlait à celle d'un pot-pourri à la lavande. Un aspirateur robotisé glissait sur le sol. Un robot humanoïde dépoussiérait une colonne en marbre.

Renée se força à continuer avant que ses yeux ne puissent se poser sur quoi que ce soit :

— L'oisiveté est un péché mortel.

— Ne jamais remettre à demain le travail que je peux faire aujourd'hui.

— Offre spéciale ! Les matelas à seulement cent livres le mètre carré.

Renée répéta le slogan d'Ikea :

— L'endroit le plus important du monde, c'est votre maison.

Elle grimpa le Grand Escalier, tourna dans un couloir et entra dans le Salon Jaune.

Ses avatars s'éclairèrent comme des flèches clignotantes, qui la menèrent à une peinture. Elle pouvait voir chaque détail du cadre sculpté et doré à la main, mais ne pouvait distinguer le portrait de la Reine Victoria elle-même. Ses Plentilles l'avaient remplacé par une image de Renée :

— Drôlement ravissant !

— Je suis ravissante. Youpi !

Renée décrocha précipitamment le tableau, et du plâtre s'effrita du mur.

— Oh moi, mon fils et mon saint esprit ! Maudit soit Moi-Original. Pourquoi tant de hâte ?

Elle fit les gros yeux à Moi-Original, piétina le tapis pour y faire pénétrer le plâtre, et inspira des gaz. Elle glissa le tableau sous son bras et partit au galop, sans remarquer les figures chinoises à tête mobile dans leurs niches, ni les dragons dont les cous se tendaient vers elle. Elle dévala le couloir, sans remarquer les portes-miroirs ni les arches en porcelaine. Elle ne sentit pas que le parfum de la galerie passait du jasmin à l'iris puis au musc.

Elle se concentra sur sa tâche.

Les portes du Salon Blanc s'ouvrirent d'elles-mêmes. Renée dépassa une porte secrète, un piano doré et plusieurs fauteuils. Elle suivit ses avatars jusqu'à un crochet et accrocha le tableau au mur :

— Les bonnes filles terminent dernières. C'est un monde gagnant-perdant, bébé, et je vais gagner. Je vais remporter ce foutu boulot !

Elle virevolta, telle une danseuse de ballet, et retraça ses pas. Puis elle revint, trente-six fois au total, déplaçant toiles, bibelots et chaises.

Il lui fallut en tout deux Renée-heures pour terminer.

Voyez-vous, dans cette Individutopie, tout le monde vit selon son propre rythme. Les journées de Renée comportaient vingt-cinq heures, une de plus que la normale, parce que Renée se considérait un peu meilleure que les gens normaux. Pour compenser, chaque Renée-heure était légèrement plus courte que la plupart des autres heures. Cela pouvait potentiellement entraîner une certaine confusion, mais Renée s'en fichait. Elle pensait qu'elle avait raison et que tous les autres avaient tort. Elle était déjà sacrément spéciale de les supporter.

Ses jambes commencèrent à fatiguer.

Elle suça la fin de son substitut calorique. C'était un risque. Faire une pause, même pour une seconde, était considéré comme le plus haineux des crimes professionnels. Mais cette fille avait un certain esprit rebelle. Elle pensait pouvoir s'en sortir impunément.

Elle déposa le dernier bibelot sur le manteau d'une cheminée et se retourna, tombant nez à nez avec le Superviseur de Podsicle. Il avait des boutons de manchette rubis et une cravate en soie, ce qui lui donnait l'air d'un authentique membre de l'aristocratie.

Renée ne les remarqua pas. Elle était trop absorbée par la contemplation de ses propres pieds.

— Renée Ann Blanca. Travailleur 2060-5446. Âge : vingt-quatre ans. Dette : 114 430,31£. La seconde partie de cette tâche est la suivante : déplacer tout le mobilier du Salon Blanc au Salon Jaune et le replacer exactement à la même place qu'avant. J'ai bien dit blanc à jaune. Pas blanc à vert. Pas vert à bleu. Exactement à la même place.

Renée gribouilla : Exactement à la même place.

Elle s'y attela. Stimulée par son apport énergétique et motivée par ce nouveau défi, elle replaça tous les objets en trois-quarts du temps qu'il lui avait fallu pour les déplacer.

Le Superviseur de Podsicle réapparut :

— Cette tâche a pris soixante-seize minutes de trop. Une pénalité de trois livres et vingt pence sera déduite du salaire de Renée. Deux livres et vingt-sept pence de plus seront déduits pour compenser les dégâts occasionnés au mur. Mais Podsicle Industries est enchantée par le travail de Renée. Bravo ! Renée est incroyable. Et pour la récompenser, Podsicle va offrir à Renée un bon d'une valeur de soixante-huit pence. Vive Podsicle ! Podsicle est le meilleur.

De ravissement, Renée lança son poing en l'air.

— Le bon sera délivré endéans dix années de travail. Pour le bien de moi !

— Pour le bien de moi.

— Je suis la meilleure.

— Un Mars par jour pour mieux travailler, récupérer et jouer.

***

Renée n'avait d'autre choix que de rentrer. Il n'y avait aucun lieu public à visiter, il faisait noir, et elle était trop fatiguée pour continuer à marcher.

Les réverbères s'allumèrent automatiquement sur son passage, et un penny lui fut facturé toutes les vingt secondes de lumière. C'était inutile puisque ses avatars illuminaient son chemin, mais elle ne pouvait rien y faire.

La pluie formait un halo nébuleux trop diaphane pour être remarqué, mais trop omniprésent pour être raté. Il brouillait les lampadaires sur leur fond noir, transformait les ampoules en spectacle lumineux trouble, et créait une galaxie de clignotements semblables à des étoiles dans les flaques les plus petites.

Renée se moqua d'un avatar quand Moi-Spécial affirma qu'il venait de cracher :

— Porc dégoûtant !

Puis elle cracha à son tour.

Renée se comportait souvent comme cela : à cracher, jeter des détritus, saliver et éternuer sans se couvrir le nez. Vous pourriez la traiter « d'antisociale », mais ce serait oublier que la société n'existe plus. La société a disparu depuis des décennies. Traiter quelqu'un « d'antisocial », c'est un peu comme le traiter « d'anti-dodo » ou « d'anti-Aztèque ». Ça n'a pas vraiment de sens.

Renée arriva chez elle, se glissa à l'intérieur et attendit que son écran s'allume. Elle mit à jour ses profils en ligne, ajoutant son expérience à Podsicle Industries, posa sa candidature à vingt-trois postes et à plusieurs projets virtuels.

En se vendant moins chère que tous les autres candidats, elle décrocha enfin un boulot. Pour le modique salaire de deux livres et cinquante pence, elle passa l'heure suivante à enregistrer un podcast au sujet des drones de combat de l'empire Romain, se croyant experte dans ce sujet fictif.

Elle leva le menton, ne pouvant échapper à sa fierté.

N'étant pas du genre à se reposer sur ses lauriers, Renée investit ensuite dans son avenir. Elle dépensa trois livres pour suivre un cours sur le *Charabia*, mais eut du mal à dépasser la première ligne.

« La Parenthèse du Baragouin Imaginaire stipule que toutes les cuillères à café sont plus grandes ou plus petites que toutes les Visa, hormis si le matelas est une douche. »

Elle lut cette phrase, secoua la tête, la relut en soulignant les mots du doigt sur son écran, devint frustrée, approcha ses lèvres de la bouche d'aération, inspira, expira, la relut, échoua à la comprendre, soupira, vérifia la trappe et inhala plus de gaz. Elle répéta ce processus une dizaine de fois sans pour autant atteindre la deuxième phrase.

Elle mit son CV à jour :

« Experte qualifiée en Charabia. »

Elle dévora du faux bœuf fait à partir de viande de rat et des faux petits pois faits à partir de germes de soja colorés. Elle fit passer le tout avec un smoothie aux algues, avant de s'autoriser un Mars.

Elle se balança d'avant en arrière en le mangeant :

— Un Mars par jour pour mieux travailler, récupérer et jouer.

— Mars est une planète.

— Les planètes sont de gros carrés de chocolat.

— Les terroristes ! Les Autres-moi en ont après moi !

Renée inhala ses gaz, ouvrit Alexa et commanda ses courses : un tube de substitut calorique à cinq livres, une pomme fabriquée en labo, un pâté protéiné et trois nouveaux accessoires virtuels – une broche à motif de dragon, une cravate en soie et des boutons de manchette rubis.

Sa commande arriva trois secondes après avoir été passée :

— Trois secondes ! L'efficacité du capitalisme consommateur ne cesse de m'émerveiller. Quand j'étais enfant, il aurait fallu attendre au moins huit secondes. Et aujourd'hui, trois seulement ! Allez, waouh, quoi ! C'est ce que j'appelle le progrès.

Renée enclencha les trois verrous de sa trappe, s'allongea, se mit à douter et retourna vérifier la trappe.

Elle expira, sortit une paire de pédales de sous son étagère, les mit en place et commença à pédaler. L'énergie alimentait les lampes UV du plafond, qui la faisaient bronzer jusqu'à carboniser sa peau.

Elle appliqua une crème pour blanchir sa peau afin de ne pas paraître *trop* bronzée, roula sur le côté, tapa sur son écran et créa deux Moi-Amis ; des copies animées d'elle-même qui n'existaient qu'en ligne. Renée avait des milliers de Moi-Amis, qui aimaient tous ses tweets, partageaient ses photos et répondaient à ses posts sur Facebook. Grâce à eux, elle avait l'impression d'être la fille la plus populaire sur Terre.

Elle passa la demi-heure suivante à passer d'une activité à l'autre, sans perdre plus de trois minutes sur chacune. Elle se nettoya le visage, vérifia son compte Twitter, lava ses chaussettes, vérifia son compte Instagram, joua à un jeu vidéo, se maudit de ne pas avoir atteint le meilleur score, inhala des gaz, s'envoya un message, s'envoya un e-mail, regarda son classement E-mail grimper, vérifia la trappe et lut un livre électronique, « Reine Renée la Grande », qui avait été écrit spécialement pour elle.

Chaque activité lui fut facturée.

Elle bâilla, envoya un câlin virtuel à Moi-Amour, reçut un baiser virtuel, ferma les yeux et se laissa emporter par le sommeil.

Elle était heureuse.

Elle avait gagné 13,59£, après déductions, pour son travail à Podsicle Industries, et 2,50£ de plus pour le podcast. Cela revenait à un total de 16,09£. Un très bon salaire, ma foi !

Elle avait dépensé 38,19£, y compris 8,23£ en air et 9,71£ en pas. Elle considérait cela comme une dépense négligeable.

Renée ne prêta aucune attention à sa dette, qui avait augmenté de 24,60£. Elle se concentra sur l'amélioration de ses classements tout en serrant son grille-pain pour s'endormir ; certaine qu'elle rembourserait sa dette en quelques années seulement, pourrait s'acheter un pod et prendre sa retraite avant d'avoir atteint soixante ans.

TOUT COMMENÇA PAR UN DRAGON

« La réalité n'est qu'une illusion. »
ALBERT EINSTEIN

Il était une fois une fille en pèlerinage à la cathédrale de Canterbury. Apercevant un cheval galoper en soulevant la poussière sur le sentier, elle interpella le cavalier dans l'espoir qu'il puisse l'emmener :

— Hé là ! Où allez-vous ?

Le cavalier lui adressa un regard confus :

— *Moi* ? Où *je* vais ? Je n'ai pas la moindre idée d'où *je* vais. Vous devriez le demander au cheval !

La fille ouvrit la bouche pour parler, mais le cheval était déjà loin.

***

Et c'était précisément ce que Renée ressentit quand une alerte emploi la réveilla au beau milieu de la nuit. Une de ses candidatures avait été acceptée, ce qui lui donna un frisson momentané.

Cependant, cette sensation ne dura pas. Son esprit était déjà consumé par l'image pulsante d'un piano.

Aux yeux de Renée, qui n'avait jamais vu de piano, cette image sembla si étrange et inattendue qu'elle fut bien incapable de se concentrer sur autre chose. Comme le cavalier, assujetti à la volonté de son canasson, notre Renée était prisonnière des rouages mystérieux de son subconscient.

Le piano était un objet de beauté.

À part les touches, il était complètement doré, avec des pièces en cuivre, des pieds incurvés et des pattes léonines. Les parties qui n'étaient pas décorées de sculptures florales étaient couvertes de motifs en camaïeu : des singes en robes de chambre jouant du tambour ; des lézards vêtus de gilets, debout ; des danseurs de folk enjoués, des chérubins ailés et des jeunes filles enguirlandées.

— Qu'est-ce que ceci ? Et pourquoi suis-je en train de le voir ?

Même les motifs semblaient étranges à Renée, qui n'y connaissait rien aux lézards et aux singes :

— Quoi… ? Où… ? Pourquoi… ? Pourquoi suis-je en train d'imaginer de telles choses ?

À moitié endormie et les yeux chassieux, elle chercha sa barrette à tâtons ; heurtant la bouche d'aération avec son poignet et se cognant la tête contre le robinet.

De l'eau jaillit partout dans son pod.

Renée referma le robinet, trouva sa barrette, la laissa tomber, se frotta le crâne et activa Moi-Vert :

— Quoi… ? Pourquoi… ? Des tables avec des boutons noirs et blancs ? Sainte mère de moi !

Moi-Vert resta muet.

Moi-Vert exécutait un logiciel informatique, rassemblant des données sur base des comportements préalables de Renée, avant de les appliquer à la situation en cours. Mais jamais il n'avait observé Renée dans un tel état ni imaginant de telles choses, et il ne possédait donc aucune donnée qui lui permette de réagir :

— Je dois m'enseigner de nouvelles compétences tous les soirs. Les Autres-moi ne connaissent aucun repos…

« Toutes les cuillères à café sont plus grandes ou plus petites que toutes les Visa.

« Mes niveaux de dopamine sont faibles. »

Renée fronça les sourcils :

— Répète-moi ça.

— Mes niveaux de dopamine…

— Oui. Bien sûr !

Pour économiser de l'argent, Renée avait paramétré un dosage d'antidépresseurs plus faible pendant son sommeil. Mais elle avait été réveillée avant l'aube, quand son air était encore peu chargé :

— C'est ça ! Je n'ai pas reçu ma dose.

Le piano caressa ses propres touches.

Renée ajusta les réglages de son air et s'approcha de la bouche d'aération pour inspirer.

De la musique se mit à jouer, mêlant rythmes délicats et complexes. L'image du piano se dissipa, les motifs peints se troublèrent et les sculptures s'aplatirent. Tout était baigné d'une lueur dorée. Mais la musique continua à jouer.

Une bête mythique apparut, de plus en plus nette. Son long cou reptilien s'agitait à la fois rapidement et lentement. Des écailles se muaient en pointes, qui se transformaient en griffes ; sans début, milieu, ni fin visibles. La musique jouait toujours. Mais à présent, il y avait des dents. À présent, il y avait une silhouette.

Renée la reconnut :

— Mais où l'ai-je déjà vue ?

— Vu quoi ?

— Une bête dorée avec… euh… des griffes triangulaires.

— Ma nouvelle broche !

— Mais oui !

Renée ouvrit la broche virtuelle qu'elle s'était achetée la veille :

— Hum… Hum… Eh bien, oui. Tout s'explique.

Ce qui n'était absolument pas le cas :

— Mais pourquoi étais-je en train de voir une broche virtuelle ? Je… J'ai… Oh, sucette glacée ! Je n'ai encore jamais été prise d'assaut par des images.

« Pourquoi maintenant… ? Pourquoi ici… ? Pourquoi ceci… ?

« Pourquoi diable ai-je acheté une broche si étrange ? Pourquoi ? Ça ne me ressemble pas du tout. »

Le dragon se fondit en un amas doré et une nouvelle image se forma. La vision de Renée était consumée par une figure chinoise à tête mobile. Puis par un somptueux tapis rouge. Puis par un lustre en cristal. Puis par mille lustres qui reflétaient chacun les autres.

Renée sentit le pot-pourri, le jasmin, l'iris et le musc :

— Pourquoi ???

Elle s'approcha une nouvelle fois de la bouche d'aération et inspira aussi profondément que possible :

— Pourquoi, pourquoi, pourquoi, pourquoi, pourquoi ?

Elle s'arracha les cheveux, se griffa le cuir chevelu, et vit les bibelots se transformer en chaises, puis en arches, puis en tableaux.

La réponse la frappa comme une gifle en pleine figure. Elle avait enfin vu quelque chose qu'elle reconnaissait – un portrait d'elle-même dans un cadre doré :

— Les sculptures... Les contours... C'est tellement... euh... familier. Où les ai-je déjà vus ? Oui ! Ah oui ! Je les ai déplacés hier... À Podsicle Palace !

— À Podsicle Palace !

— Oui, c'est ça !

— En effet !

— La table avec des boutons musicaux, la bête à longue queue, la statue à tête mobile, le sol rouge moelleux, les lumières blanches piquantes, les autres peintures... J'ai dû voir tout ça à Podsicle Palace.

Tout se résumait à cette vieille rengaine : la perception sans conscience. Renée n'avait pas été *consciente* de ses environs à Podsicle Palace, mais son subconscient les avait *perçus*. Et, semblait-il, cela avait suffi.

Les images commencèrent à prendre forme. Renée put voir le Grand Hall dans son entièreté. Le tapis, les miroirs et les lustres étaient tous en place. L'aspirateur robot glissait sur le sol :

— Mais c'est si... si... si grand !

Renée avait du mal à y croire.

Moi-Vert, lui, le pouvait sans mal :

— Podsicle Palace comprend huit cents chambres, deux mille portes et quarante mille ampoules. Ses étages couvrent une superficie totale de soixante-dix-sept mille mètres carrés.

Renée en eut la mâchoire décrochée :

— Soixante... Dix... Sept... ? Mais... Combien de pods peuvent tenir à l'intérieur ?

— Vingt-neuf mille s'ils sont placés côte à côte. Plus de quatre-vingt-quinze mille s'ils sont empilés.

— Quatre-vingt-quinze mille ?

— Quatre-vingt-quinze mille trois cent trois.
— Trois cent trois ?
— C'est ça.
Renée tapota sa lèvre inférieure :
— Combien cela coûterait-il d'acheter autant de pods ?
— Mon pod vaut deux cent mille livres. Acheter quatre-vingt-quinze mille pods me coûterait dix-neuf milliards de livres.
— Et combien de temps devrais-je travailler pour gagner cette somme ?
— Au rythme de seize livres neuf pence par jour, je devrais travailler plus de deux millions d'années.
— Deux millions de Renée-années ?
— C'est ça. Have a break, have a Kit Kat.
— Je ne peux pas faire un break ! Je dois travailler deux millions d'années ! Je suis Renée Ann Blanca : la seule Moi, meilleure que tous les Autres-moi. Je suis la meilleure ! Je mérite le meilleur. Je mérite Podsicle Palace. Je dois l'avoir. Je dois l'avoir maintenant !

Renée sourit d'allégresse :
— Je vais y arriver ! Je vais acheter Podsicle Palace !
Elle s'empourpra, attrapa la bouilloire et la balança contre la trappe.
Bang !
— Je ne peux pas l'acheter. Je ne peux pas !
Des morceaux de couvercle, de la base et de plastique jonchaient à présent la couette de Renée. La résistance chauffante rebondit contre l'écran, qui devint mauve au point d'impact, puis bleu, puis enfin noir. Le câble resta dans sa main.
— Qu'ai-je bien pu rater d'autre ? se demanda-t-elle en mangeant ses mots.
Elle imagina le Grand Escalier, le long couloir et le Salon Jaune :
— Et qu'est-ce que ça peut bien vouloir dire ?
Moi-Vert n'avait toujours pas de réponse.
Renée était assaillie de toutes parts par des pensées. Certaines qu'elle prononçait tout haut, d'autres non. Elle n'était même plus

sûre de ce qu'elle disait ou pensait :

— Comment un Autre-moi pourrait-il s'acheter un tel palais ? Comment pourrait-il travailler deux millions d'années ? Il n'aurait certainement pas pu travailler plus dur que moi – je suis la meilleure, donc comment a-t-il fait pour l'acheter ? Pourquoi ne puis-je pas l'acheter ? Je le veux. Je le veux. Oh, c'est tellement injuste !

Son pessimisme la choqua.

Elle frissonna, approcha ses lèvres de la bouche d'aération, inspira profondément et hurla comme une hystérique, comme si elle avait été frappée par une révélation divine :

— Responsabilité personnelle !

— Le dur labeur vient juste après l'individualisme.

— L'oisiveté est un péché mortel.

— Je dois me fier à moi-même.

— Je vais y arriver. Je vais travailler pendant deux millions d'années !

Elle rayonna. Sa joue, celle qui n'était pas enjolivée par du plastique, passa du beige au rose au magenta.

Puis elle serra les dents, griffa son matelas et cria :

— Noooooonnnnn !!!

La réalité avait sonné :

— Je gagne moins que ce que je dépense ! Je ne rembourserai jamais ma dette. Je ne posséderai jamais Podsicle Palace.

L'ignorance ne pouvait plus la sauver. Cette connaissance la rongeait de l'intérieur :

— Non, non, non, non et non !

Elle tenta de trouver un sens à sa situation, s'époumonant, mais baissant d'un ton à chaque mot :

— Il n'y a pas d'autre moyen. L'histoire est terminée. Je vis dans le meilleur des mondes. J'ai des super gadgets. Je trouve du travail presque tous les jours. Je vis dans un pays libre. Je suis libre ! J'ai la liberté, la santé et l'indépendance. Je suis unique. Je suis moi. Moi, moi, moi.

Moi-Vert opina du chef :

— C'est ça, bien joué moi ! Regarde-moi faire !
— Je dois me calmer. Allez, Renée, calme-toi.
— Te bile pas pour rien. Just do it !
— Oui, je vais le faire. Je ferai ce qu'il faut, quoi qu'il en coûte. Je ne devrais pas accorder trop d'importance à ces choses si clairement insignifiantes : ces faits ridicules qui me rabaissent et me trompent. Ces pensées ! Ces pensées sont mon ennemi ! Je ne devrais pas laisser ces pensées étranges contredire ce que j'ai toujours su être vrai. Je ne devrais pas me fier à ces images de Podsicle Palace, qui ne cessent de changer, de se transformer et de bouger, et qui m'empêchent de savoir ce qui est réel, si une telle chose est toutefois réelle. Impossible ! La vérité est ce qui est, et non ce qui semble être. La vérité est ce qu'elle a toujours été. Elle est absolue. Je suis vérité ! Je dois être fidèle à moi-même. À moi, dans toute ma grandeur. Je suis la voie, la lumière et la vérité. Je devrais me focaliser sur ce qui est important. Sur moi. Sur être meilleure que je ne suis déjà. Sur être meilleure que le meilleur.

Renée revit le Salon Blanc dans toute sa splendeur clinquante. Elle se retrouva nez à nez avec son plafond majestueux, couvert de dorures ; les chérubins sculptés qui gambadaient sur les moulures de plafond ; et le tapis, dont les motifs zigzaguaient en cercles. Tout lui semblait si réel ! Renée aurait pu jurer être debout dans la pièce, en train de passer ses mains le long du manteau de cheminée et d'inspirer l'air parfumé.

— Et ma dette ! s'exclama-t-elle, comme si elle découvrait une nouvelle choquante pour la toute première fois.
— 113 438,49£
— Oh !
— Ma dette pourrait être effacée en 6 501 remboursements quotidiens de vingt livres.

Renée répéta le slogan de Visa :
— Partout où je veux être.

Avant de secouer la tête :
— Six mille... Six mille cinq... Mais... Mais je ne pourrai jamais...
— Mais si ! Je peux y arriver !

— Non, c'est impossible ! Je gagne moins que ce que je dépense. Je ne peux pas faire un seul remboursement. Cette vie n'a pas de fin. Elle continue encore et encore, pour toujours. À tourner en rond. Je ne rembourserai jamais ma dette, je ne prendrai jamais ma retraite, je ne serai jamais... jamais... Oh, à quoi bon ?

Renée roula d'un côté, puis de l'autre. Elle serra et desserra les poings, fit claquer ses orteils et pédala avec ses jambes.

Elle se hissa, s'approcha de la bouche d'aération et inspira aussi fort que possible.

Inspirer. Expirer. Inspirer.

Une inspiration profonde succéda à une autre, mais ses antidépresseurs refusèrent de faire effet :

— Pourquoi ai-je de telles pensées ? Jamais je n'avais douté de moi. J'ai toujours été si heureuse.

— Je serai heureuse à tout moment.

— J'enfreins ma propre règle ! Mais pourquoi ? Je n'enfreins jamais mes règles. Oh moi ! Allez ! Je dois me ressaisir. Être forte !

Mais elle en fut incapable.

Les images tourbillonnaient dans son esprit. Les pensées fusaient de toutes parts. Elle griffa son matelas et martela les parois de son pod.

Comme si vingt-quatre années de négativité contenue l'avaient frappée d'un seul coup, elle se retrouva le souffle coupé, suffoquant sur un air raréfié, incapable de respirer :

— Je vais en terminer là. Je vais assumer la responsabilité personnelle de ma vie... la responsabilité personnelle de ma mort. Je vais en terminer là. Je vais en terminer maintenant.

Tout était limpide.

Elle alluma le grille-pain au maximum, saisit son couteau et le leva au-dessus de ses mâchoires ouvertes.

Son cœur cogna, lourd et bruyant.

Boum-boum, boum-boum, boum-boum.

Le temps ralentit. Les yeux de Renée se plissèrent. La lumière faiblit :

— Je suis libre, à présent. Complètement libre.

Son couteau s'abaissa peu à peu, se rapprochant petit à petit de la résistance du grille-pain.

Des milliers de volts EDF étaient prêts à faire vibrer le couteau de Renée, lécher ses doigts et électrocuter chaque électron de son corps ; causant tant de friction que son cœur convulserait, s'arrêterait et apporterait une fin prématurée à sa vie.

Le couteau s'approcha. Sa main sembla flotter. Renée loucha. Moi-Vert ferma les yeux.

Le couteau n'était plus qu'à quatre centimètres de l'impact. Plus que trois. Plus que deux. Plus qu'un…

Le grille-pain rougeoya.

Elle ressentit un pétillement d'électricité. Un avant-goût de l'au-delà. La fin de ses souffrances et de ses doutes.

Ses cils se touchèrent.

Elle frissonna.

Puis marqua une pause.

Mue par une sorte de sixième sens, Renée recula, jeta brusquement le couteau par-dessus son épaule et inspecta la scène.

C'était la bouche d'aération.

Là, dans le coin, le tube qui dispensait ses antidépresseurs était plié en deux. Il paraissait abîmé, comme s'il avait été plié à plusieurs reprises ou avec une certaine force.

Renée remarqua le sang qui s'écoulait entre ses doigts.

— J'ai dû heurter le tuyau en cherchant ma barrette.

Elle crapahuta dans son pod, ramassa son couteau, l'enfonça dans l'embout, le redressa et le força à s'ouvrir. Elle inspira pendant dix bonnes secondes, expira, puis inspira de nouveau.

Elle ne s'arrêta pas.

Ses muscles se détendirent, se contractèrent, puis se relâchèrent. Ses mains fourmillèrent. Sa langue avait un goût de sucre. Elle se sentait légère, vide, heureuse et libre.

Fébrilement, ses paupières se fermèrent.

Elle se mit à transpirer à grosses gouttes.

Elle sombra dans l'inconscience, mais pas avant de se remémorer une histoire qu'elle s'était racontée des années plus tôt :

— Attends... Quand un Autre-moi cesse de prendre ses gaz, il se *suicide toujours*. Toujours ! C'est ce qui arrive quand il ne trouve pas de travail et ne peut pas se payer ses médicaments. *Toujours.* Toujours !

Ce qui lui inspira une dernière pensée :

— J'ai vécu une expérience horrible. Mon esprit s'est égaré. Mais je n'ai pas craqué. Là où tous les Autres-moi auraient flanché, j'ai surmonté cette épreuve. J'ai diagnostiqué mon problème, trouvé une solution et survécu. Je vaux bien mieux que les Autres-moi. Je suis une authentique héroïne !

Renée se focalisa sur cette pensée, tandis que chaque impression de Podsicle Palace – chaque lustre, miroir et tapis – disparaissait de son esprit dans un fantastique vortex de lumière.

Tout redevint complètement noir.

Tout redevint silencieux.

Tout redevint immobile.

***

CLASSEMENT GÉNÉRAL : 87 382ème (Moins 36 261)

Renée s'éveilla avec un mal de tête carabiné. Son cerveau palpitait, cognant contre sa boîte crânienne. Elle eut un haut-le-cœur, souleva son matelas et vomit dans les toilettes.

Sa bonne joue tressaillit spasmodiquement, sans rythme discernable ; frémissant trois fois, au repos, se gonflant lentement, retombant rapidement, en attente, sursautant, tremblant et frissonnant selon un battement irrégulier.

Elle tremblota. De la chair de poule recouvrit ses bras.

Elle se rappelait vaguement s'être réveillée de bonne heure, avoir eu des pensées étranges, avoir inspiré ses gaz et s'être rendormie. Mais elle ne se remémorait ni la raison de ce réveil anticipé, ni la nature de ses pensées. Cette expérience avait été si inhabituelle, si traumatique, que son esprit l'avait refoulée :

— Mal à la tête...

— Syndrome sérotoninergique.
— Séro quoi ?
— J'ai inspiré trop de gaz d'un coup.
— Oh. Je crois que ça m'est déjà arrivé.
— Soixante-quinze fois. Je suis la meilleure. Je peux inspirer tellement de gaz d'un coup !

Renée rinça son vomi dans la canalisation et remit son matelas en place. Il atterrit avec un bruit sourd, faisant rebondir des fragments de sa bouilloire brisée :
— Comme c'est étrange... Je me demande... Hmmm... Ça doit être les Autres-moi.
— Les Autres-moi veulent me voler mes biens précieux.
— Oui, c'est ça ! Les Autres-moi veulent ma bouilloire !

Renée s'élança vers la trappe et tira sur le verrou, découvrant par là même qu'il était fermé. Elle avait peine à le croire. Elle l'ouvrit et le referma quatre fois, avant de prendre sa tête entre ses mains.

Elle remarqua l'offre d'emploi sur son écran.

Plus le temps passait, plus la paie diminuait. L'emploi valait actuellement une livre et dix-neuf pence, mais un penny était déduit toutes les dix minutes.

Malgré le faible salaire, Renée se sentit forcée d'accomplir la tâche. Elle s'y était engagée en postulant ce poste, et se sentait en devoir de la compléter.

Sautant le petit déjeuner, elle entama la rédaction d'un rapport pour Podsicle Estates, tapant au rythme de la dictée de Moi-Vert :

« La table à touches a été commandée par la Reine Victoria en 1856. Soutenue par des pieds Curly Wurly, elle a été décorée avec des images de bêtes poilues. Le Prince Albert et Scooby Doo l'ont utilisée pour composer des concertos. Podsicle Estates l'a achetée pour seize millions de livres. »

L'idée qu'un simple objet puisse valoir autant apporta à Renée un bref élancement de malaise. Incapable de comprendre cette émotion fugace, qui disparut dès qu'elle inspira, elle ne se posa pas de questions.

Elle envoya un e-mail à Moi-Recherche, un Moi-Ami qu'elle

utilisait pour aller à la pêche aux informations sur Internet. Elle envoya un texto à Moi-Données, Moi-Analyse et Moi-Maligne, attendit leurs réponses, les ignora, inventa de nouvelles informations et hocha la tête d'allégresse.

Elle était fière de son travail.

Elle referma Moi-Vert, ouvrit Moi-Sexe et poursuivit sa routine matinale.

Elle était prête à affronter la journée.

***

Alors qu'elle attendait l'ascenseur, Renée fut surprise par l'angle bas du soleil. Il semblait fendre le ciel, créant un plan horizontal qui flottait au-dessus de son quartier, sans toutefois pénétrer Podsville.

— Rapport bien envoyé. J'ai été payée une livre et huit pence. Vive moi !

— Ooh, j'adore ma nouvelle broche. Quel motif étrange.

— Pour décrocher du travail, je devrais aller à Russell Square.

— Les immigrants veulent me voler mes biens précieux.

— Verrouille la satanée trappe !!!

Renée inspira profondément, retourna fermer la trappe, la fit tourner, la verrouilla ensuite avec une clé, puis avec un code de sécurité, ajouta le cadenas et l'antivol :

— Ah oui. Je pense que je vais aller à la Tour Nestlé.

— Quel sacré bon plan.

— Bon à s'en lécher les doigts !

Elle prit l'ascenseur, gambada dans Podsville, répéta quelques mantras, donna un coup de pied au chat mort, écouta quelques pubs et atteignit Russell Square.

Ses avatars ne parvinrent pas à repérer l'Interviewer de Nestlé :

— Les interviews commenceront dans une heure.

— Je devrais utiliser ce temps pour trouver un autre travail.

— Je perdrai ma place dans la file.

— Je devrais rester.

— Quelle splendide idée !

— Ma foi, je *suis* assez splendide, j'imagine.

Renée retira sa barrette et l'utilisa pour prendre un selfie. Elle inclina la tête, fit la moue et en prit un autre. Elle s'allongea, cambra le dos, détourna les yeux et en prit un troisième. Elle se leva, se pencha en avant, attrapa son pied derrière son dos et en prit un quatrième.

Après avoir pris une série de dix selfies, elle les retoucha, appliqua des filtres et les posta sur Facebook, Instagram et Twitter.

Elle lut les commentaires de ses Moi-Amis :

— Ma parole, Renée. O.M.R. ! Houlà, quelle bombe.

— La vache ! Je mordrais bien dans ce beau petit cul.

— Miam !

Renée reçut des milliers de j'aime, des centaines de cœurs et plusieurs émojis souriants. Elle écarta les jambes, prit un autre selfie, et puis cent de plus.

***

La nuit était tombée quand l'Interviewer de Nestlé fit son apparition. Le smog s'était combiné aux ténèbres cosmiques, formant des tourbillons noirs et gris. Le sol reluisait.

L'Interviewer de Nestlé avait une barbe taillée et façonnée en dôme rigide – moins une barbe qu'un accessoire facial. Cet avatar avait les épaules massives, les bras musclés, gonflés, épais et légèrement mauves.

Il lui accorda à peine un regard, prononça huit mots et disparut :

— Je n'aime pas l'apparence de cette candidate.

Renée en perdit presque sa langue :

— N'aime... pas...

Elle se plia en deux, faillit s'étouffer, manqua d'avaler sa glaire, inhala des gaz et se sentit immédiatement mieux. Elle lut quelques commentaires sur Instagram et se sentit immédiatement au top.

Elle griffonna quelques notes : Dois changer d'apparence pour postuler chez Nestlé. Je VAIS décrocher un boulot !

Requinquée par cet élan soudain de positivité, elle rentra en sautillant, certaine qu'elle pourrait rembourser sa dette, acheter un pod et prendre sa retraite avant d'avoir soixante ans.

113 451,59£

113 451,60£

Sa dette s'était accrue de seize livres et quatre-vingt-huit pence.

L'IGNORANCE ÉTAIT UNE BÉNÉDICTION

« Si vous pensez que l'aventure est dangereuse, essayez la routine. Elle est mortelle. »
PAULO COELHO

Avez-vous parfois l'impression de n'être qu'une machine, répétant le même train-train jour après jour, sans vous arrêter pour vous demander pourquoi ?

C'est ainsi que je vois Renée.

Je la regarde se réveiller. Du mucus encroûte son œil. Un jour, sa couleur est ambre, pâle. Le suivant, il a la couleur d'une mandarine.

Je regarde ses mèches brun-doré se déployer quand elle se tourne.

J'écoute ses mantras.

Elle se redresse d'un seul coup et s'exclame :

— Ah oui, les bananes sont rouges... Les grenouilles ont des ailes... PEMDAS !

Je peux presque la sentir. Et vous ? Il est certain que l'arôme du jambon pourri et du fumier n'encouragent nullement ce lien, mais l'odeur de la cannelle me fait toujours penser à elle. C'est *son* odeur, après tout. Chaque fois que je bois un café crème à la cannelle, je pense immédiatement à Renée. Peut-être est-ce pareil pour vous. J'aimerais le penser. Je vous en prie : la prochaine fois que vous sentirez de la cannelle, accordez une pensée à notre héroïne.

Je préfère ne pas la regarder se masturber. Cher ami, un homme doit maintenir une certaine bienséance ! Et pourtant, j'ai l'impression d'y être forcé. J'ai l'impression d'être forcé de la regarder, subjugué, tandis qu'elle s'habille, se maquille, mange, se balance, sort, ferme sa trappe, sautille à travers la ville, postule un poste, puis un autre, retouche son maquillage, prend quelques selfies, décroche du boulot, accomplit sa tâche, se moque d'un avatar, aboie sur Moi-Original, rentre chez elle, mange, fait des achats et s'endort.

Ceci n'est pas pour dire que chaque jour est le même. Non ! Oh, que non ! Chaque jour est unique. *Tout* individu et *toute* chose sont complètement et entièrement uniques.

Renée utilise des produits de maquillage différents et se maquille différemment tous les jours. Ses accessoires ne sont jamais les mêmes. Elle postule toujours des emplois différents et travaille dans des endroits différents.

Ce jour-ci, elle décroche trois contrats. Ce jour-là, elle n'en décroche aucun. Elle se rend sur des lieux de travail où elle pourrait trouver du travail, où du travail est promu, ou bien où elle a déjà décroché du travail. On lui dit d'attendre, de partir ou de remplir un formulaire. Elle se fait interviewer, se fait rejeter ou est recrutée.

Nestlé lui offre du travail à sa cinquième tentative, après qu'elle a ajusté son apparence de différentes façons. Elle passe huit heures à détruire de la nourriture qu'elle adorerait manger, mais ne pourra jamais se payer ; salivant puis inhalant ses antidépresseurs. Ne sachant pas trop pourquoi elle effectue cette tâche, elle est tout de même ravie de savoir qu'elle la mène à bien, et rêve que son travail soit récompensé.

Elle trouve du travail dans un centre d'appels et s'adresse à des ordinateurs mécontents. Elle est forcée de sourire si fort et si longtemps que ses mâchoires lui font mal. Elles refusent de s'ouvrir pendant les deux jours suivants.

Elle passe toute une journée à plier des papiers, plusieurs heures à traquer Bigfoot, et un quart particulièrement lent à surveiller une toilette abandonnée. Elle trie les différents cailloux dans un mélange de gravier, puis les remélange tous ensemble. Elle supervise des robots qui refusent de reconnaître son existence. Elle passe une heure à déplacer des données entre plusieurs feuilles de calcul. Elle passe une matinée allongée sur le dos, laissant des drones utiliser son ventre comme rampe de lancement. Elle passe un après-midi à répéter la phrase : « Essayez de l'éteindre puis de le rallumer ». Elle se tient à un coin de rue, tenant un panneau qui annonce : « Braderie de golf – Tournez à gauche ». Elle fait le tour d'une fontaine pour s'assurer qu'elle ne soit pas en feu. Elle marche le long d'une route pour vérifier qu'elle existe bien.

Elle créé des publicités pour encourager les consommateurs à acheter des accessoires dont ils n'ont pas besoin, des vêtements qu'ils ne peuvent pas se permettre, et des produits de beauté que personne ne remarquera. Puis elle achète quelques accessoires, vêtements et produits de beauté ; dépensant bien plus que ce qu'elle a gagné.

Durant ces deux jours-ci, elle dépense plus que ce qu'elle gagne. Ce jour-là, elle gagne trente-cinq livres. Sa dette croît sensiblement, mais à un rythme moins prononcé. C'est comme si elle était récompensée de ne plus douter du système ; d'être suffisamment maligne pour travailler, mais pas suffisamment pour se demander pourquoi. Ou, d'un autre côté, peut-être n'est-elle pas maligne. Je devrais éviter ces allégations sans fondement. Cher ami, veuillez m'excuser. L'on ne devrait pas se laisser leurrer par des théories du complot.

***

Renée expérimentait plus d'activité neurale chaque fois qu'elle s'endormait. Courbaturée et agitée, elle commençait à se réveiller plus tôt, quand l'air était toujours léger.

Privée de sa dose normale de médicaments, elle pouvait sentir que quelque chose lui manquait, sans pour autant pouvoir mettre le doigt dessus.

C'était une sensation curieuse :

En partie physique, elle générait une légèreté dans ses mains et une douleur sourde dans ses oreilles. Elle était plus sensible aux sons et souffrait de maux de tête.

En partie mentale, elle lui donnait envie de poser des questions qu'elle ne pouvait comprendre. C'était comme si quelque chose était tapi en elle, mais qu'elle ignorait ce que c'était, où cette chose se cachait, et ce qu'elle devait faire pour l'en sortir.

Elle se tournait alors vers la bouche d'aération pour inspirer.

Ses tracas s'évanouissaient.

Mais ce n'est pas pour dire qu'elle était heureuse, simplement qu'elle était engourdie. Elle avait besoin de ses antidépresseurs, tout comme elle avait besoin d'air et d'eau, mais ceux-ci ne lui procuraient aucune joie.

Dans cet esprit, retournons-en à Renée, en ce matin vaporeux aux tons d'abricot ; ce délicat et printanier jour d'avril.

Dehors, une pluie fine et acide s'élève du sol, formant une brume cotonneuse. L'arôme sirupeux de l'asphalte mouillé est léger et sans prétention. Des vaguelettes de lumière chatoient dans l'air.

À l'intérieur de son pod, notre Renée est dans sa bulle ; le changement des marées et des saisons, le vent, la pluie et les nuages, la laissent indifférente...

***

113 518,03£
113 518,04£
CLASSEMENT GÉNÉRAL : 87 382ème (Moins 36 261)
Tableau du Sommeil : 26 152 467ème (Moins 7 251 461)
*** 25 161 829 places derrière Paul Podell ***
— Pour l'amour de moi !

Renée secoua ses jambes, se frotta le front et se tourna vers la bouche d'aération.

Elle était sur le point d'inspirer, quand elle aperçut un morceau de sa bouilloire fracassée :

— Mais... Non... Impossible... J'ai jeté ma bouilloire dans la ruelle...

Elle le ramassa, le fit rouler entre ses doigts et le scruta du regard :

— Pourquoi ? Pourquoi ma bouilloire est-elle brisée ? Pourquoi ? Il a dû se passer *quelque chose* !

Elle le déposa et se tourna vers la bouche d'aération :

— Non ! Je ne comprendrai jamais si je continue de prendre des médicaments. Je dois garder les idées claires. Je dois rester forte.

Elle se pinça la cuisse :

— Pas de réconfort sans effort. Le plus d'effort, le plus de réconfort !

Légèrement nauséeuse, elle se cramponna à l'étagère et se retourna vers la bouche d'aération :

— Non ! Sois forte, Renée. Sois forte.

Elle se rassit et posa la tête entre ses genoux, les doigts sur ses tempes, tentant de réfléchir :

— Que s'est-il passé ? Pourquoi ne m'en souviens-je pas ? Qu'est-ce que ça veut dire ?

Cela ne servit à rien.

Elle activa Moi-Vert.

— Je vois qu'aujourd'hui va être une excellente journée. Je vais avoir la pêche !

Renée frissonna :

— Non... Vraiment. Non... Quelque chose ne va pas.

— Te bile pas pour rien.

— Pour rien ? C'est sans doute le plus gros problème que j'aie jamais eu.

— Du calme ! Just do it !

— Me calmer ? Me calmer ?

Se faire entendre dire de se calmer angoissa Renée encore plus :

— Pourquoi ne suis-je pas calme ? Serai-je calme un jour ? Est-ce que je mérite d'être calme ? Est-ce important d'être calme ? Qu'est-ce qui est important ? Y a-t-il quoi que ce soit d'important ? Quoi que ce soit qui compte ? Est-ce que je compte ? La bouilloire compte-t-elle ? Pourquoi est-elle brisée ? Pourquoi ne m'en souviens-je pas ? Pourquoi suis-je si impuissante ? Pourquoi suis-je assaillie par le doute ? Pourquoi ai-je enfreint mon mantra « Je serai heureuse à tout moment » ? Pourquoi, oh pourquoi, oh pourquoi ?

Pour la première fois de sa vie, Renée foudroya Moi-Vert du regard :

— Me calmer ? Comment puis-je me dire de me calmer ?

Elle se rappela le jour où Moi-Vert avait été créé ; cette belle journée où elle avait gagné plus qu'elle n'avait dépensé et mangé un sandwich au fromage grillé pour dîner.

Son angoisse existentielle en disait plus long que ses mots :

— Oh, quel vain espoir !

Elle avait pensé que ce jour-là marquerait le début d'une chose spéciale. Elle avait cru qu'elle décrocherait plus de travail, gagnerait plus d'argent, rembourserait sa dette, achèterait un pod et mangerait des sandwichs au fromage grillé tous les soirs :

— Et maintenant regarde-moi. Ça fait des années que je n'ai plus mangé de sandwich au fromage grillé !

Elle lança à Moi-Vert un regard noir et se lança un regard noir, réalisant combien elle avait vieilli et le peu qu'elle avait accompli.

— Offre spéciale ! Si j'achète dix matelas, je recevrai le onzième à moitié prix ! Vive Renée ! Vive moi !

Elle s'empourpra :

— Je n'ai rien accompli ! Je veux mon propre pod. Je veux onze matelas. Je veux un sandwich au fromage grillé pour le dîner !

Elle se précipita vers la bouche d'aération :

— Non, Renée, non ! Tu dois y mettre fin. Ces pensées... Je n'ai jamais... Elles doivent signifier quelque chose. Ma bouilloire... Ce plastique... Il y a... il y a quelque chose que je dois savoir.

— L'Université de Wikipédia offre des cours sur tout ce que je dois savoir. Je peux m'inscrire aujourd'hui pour seulement 49 925£ par an.

— Non, ce n'est pas ça.

— Ça est un roman de Stephen King.

— Non, non, non et non ! C'est un de mes mantras. Je pensais à un de mes mantras.

— Je suis ce que je possède.

— Non.

— Trop d'une bonne chose peut être merveilleux.

— Non.

— Je serai heureuse à tout moment.

— Non. Oh... Attends... C'est ça ! J'enfreins ma propre règle. Je n'ai encore jamais fait ça. Ou bien si ? La bouilloire ? Non. Oui. Hmmm. La bouilloire !

Renée se précipita vers la trappe, vérifia la serrure, l'ouvrit, la referma et noua un tee-shirt autour de la poignée.

En vitesse, elle se couvrit le visage de maquillage, étalant du mascara sur ses joues et disposant ses cils virtuels à mi-hauteur de son front :

— Je ne me crois pas, c'est ça !
— Je crois tout ce que je dis. Je suis si parfaite.
— Mais je ne suis pas « parfaite », n'est-ce pas ?

Renée avait du mal à croire ses propres paroles. Une douleur lancinante lui zébra la poitrine, sa tête s'inclina en avant et sa mâchoire se décrocha.

Moi-Vert planta. Incapable de traiter les données qu'il avait recueillies, il vira au bleu, se comprima en une forme bidimensionnelle, pétilla et s'éteignit tout seul.

— Eh bien, je *suis* parfaite, ne soyons pas mélodramatique. Mais je ne suis pas *si* parfaite que ça. Je suis bien trop modeste pour le croire.

Renée compta jusqu'à dix, pianota sur l'écran et attendit que Moi-Vert redémarre :

— Où en étais-je ?
— Mon pod est situé à l'étage...
— Non, non, non. Qu'étais-je en train de dire ?
— J'enfreins ma propre règle. Je n'ai encore jamais fait ça. Ou bien si ?
— Je l'ai fait ! Ça doit être ça. J'ai dû être malheureuse. Pourquoi aurais-je brisé ma bouilloire, sinon ? J'ai dû regarder Moi-Vert, comprendre le peu que j'avais accompli et perdre mon sang-froid.
— Ça doit être ça.
— Effectivement, ça doit être ça. Et donc je dois travailler plus dur. Je dois travailler plus longtemps. Je dois m'acheter mon propre pod. Je dois manger un sandwich au fromage grillé pour le dîner.

— Je dois assumer ma responsabilité personnelle.
— Je dois me fier à moi-même.
— Just do it !
— Et c'est ce que je vais faire !

***

Il faisait toujours nuit quand Renée se glissa dehors. Les murs imposants de Podsville étaient zébrés d'eau huileuse : kaki, bleuâtre et bronze. Le givre scintillait dans l'air. La pollution tachait les étoiles.

Le masque à gaz de Renée lui fournissait une dose plus importante d'antidépresseurs que la bouche d'aération de son pod mais, comme elle respirait superficiellement, ceux-ci ne firent pas immédiatement effet.

— Les chômeurs profitent de mon dur labeur.
— Bande de fainéants !

Cette simple idée fit fulminer Renée. Des hormones de stress circulèrent dans ses veines et elle faillit inhaler toute sa dose de gaz.

Ses avatars répétèrent ses paroles :
— Non, je dois garder les idées claires !
— Pas de réconfort sans effort.
— Pour trouver du travail, je devrais aller au Dôme Apple.
— Les chômeurs veulent mes biens précieux.
— Ferme la satanée trappe !!!

Renée manqua de peu d'inhaler ses antidépresseurs d'un coup. Elle inspirait toujours des gaz quand Moi-Spécial s'écriait « Ferme la satanée trappe !!! ».

— Non, Renée, non ! Non et c'est tout !

Ses muscles se raidirent. Elle retint son souffle, se cramponna à la rambarde, compta jusqu'à trois et souffla :
— OK, OK. Tout ira bien.

Tremblante, les larmes aux yeux, il lui fallut plusieurs tentatives pour fermer et verrouiller la trappe :
— Le Dôme Apple... Enfin... Oui... Peut-être... Le Dôme Apple !

Les jambes de Renée flageolèrent. Elle s'agrippa à la barre

pendant que l'ascenseur descendait, et effleura les murs tandis qu'elle traversait Podsville.

La paranoïa la rongeait :

— Les avatars me surveillent-ils ? Les Autres-moi me regardent-ils ? Et si mes genoux cèdent ? Et si je ne trouve pas de travail ? Et si on me vole mon matelas ? Et si je ne peux pas m'acheter de sandwich au fromage grillé ? Et si je me tracasse trop ? Ce n'est pas normal. Ce n'est pas juste !

Elle quitta Podsville et donna un coup de pied au chat mort, dont le cadavre s'était dilaté.

De la mousse tacha la chaussure de Renée.

— Sale bête sanglante !
— Quel genre de brute laisse une bête dans la rue ?
— Un imbécile.
— Un crétin.
— Un crapaud.

Renée se cogna l'orteil sur un pavé inégal :

— Quel idiot a fait ça ?
— Je ne ferais jamais ça.
— Je suis la meilleure.

Pendant deux secondes entières, Renée se sentit sensationnelle. Puis ses doutes refirent surface :

— Suis-je la meilleure ? Suis-je parfaite ? « Si » parfaite ? Pourrais-je suivre une meilleure voie ? Pourrais-je vraiment suivre une voie ? Pourquoi n'ai-je pas suivi de voie ? Ai-je fait quoi que ce soit ? Pourquoi n'ai-je rien fait ? Ce que je fais a-t-il vraiment de l'importance ? Pourquoi suis-je en vie ? Pourquoi, oh pourquoi, oh pourquoi ?

Elle oubliait chaque question dès qu'elle la posait. Néanmoins, l'élancement sourd du doute persistait. Elle se sentait déchirée, comme si elle avait été brisée en mille morceaux minuscules et ne serait plus jamais entière. Chaque scène semblait plus prononcée que la précédente. Ce béton gris, ici à Russell Square, semblait lumineux et brillant. Ce mur noir, près de l'ancien British Museum, semblait posséder sa propre attraction gravitationnelle. Le grondement industriel de l'usine Boeing Engine ressemblait à un bang supersonique. Le murmure de son nom, « Rah... Rah... Renée », faillit pénétrer sa conscience. Cette barrière semblait aussi abrasive que du papier de verre. Ces fenêtres sentaient l'eau de Javel.

Pourtant, malgré cette hypersensibilité, Renée se sentait étrangement déconnectée :

— Suis-je même ici ? Suis-je quelque part ? Toutes ces choses existent-elles vraiment ?

Le ciel semblait impossiblement vaste. Cette ruelle semblait impossiblement étroite. Ses avatars semblaient trop impalpables pour être réels.

Mentalement angoissée et physiquement vidée, elle se plia en deux, posa les mains sur ses genoux et se mit à haleter. Sans s'en rendre compte, elle inspira une longue bouffée de gaz.

Tout se passa à une allure supersonique : les antidépresseurs firent effet, les doutes de Renée disparurent et ses pensées se replièrent sur elles-mêmes :

— Pourquoi les Autres-moi ne sont-ils pas aussi bons que moi ? Tous les Autres-moi sont-ils aussi bons que moi ? Suis-je aussi bonne que les Autres-moi ? Oui ! Je suis la meilleure. Suis-je la meilleure ? Oui ! Je suis fantastique. Les Autres-moi sont inutiles. Je suis la meilleure. Moi ! J'ai toujours été la meilleure. Je serai toujours la meilleure. Oh moi dans les cieux !

Renée sourit.

Moi-Spécial jura :

— Cet avatar a un visage émacié et ses joues sont de traviole.

— Est-il bête ? Je parie qu'il est bête. Je parie que ses jambes sont arquées.

— Oui ! Et celui-là a une moustache bleue. Elle est moisie !

— Moisie ? Oh Renée ! Il doit puer ! Si seulement il sentait comme moi.

SE POURRAIT-IL QUE CE SOIT VRAI ?

> *« S'il existe quelque chose de pire que d'en savoir trop peu, c'est d'en savoir trop. »*
> **GEORGE HORACE LORIMER**

Au milieu des années 1950, les membres du culte *The Seekers* reçurent l'ordre de vendre leurs maisons, de quitter leurs conjoints et leurs emplois s'ils voulaient être sauvés d'une inondation cataclysmique.

Ils se rassemblèrent sur le flanc d'une colline à minuit.

Au bout de dix minutes, alors qu'il ne pleuvait toujours pas, les *Seekers* commencèrent à gigoter nerveusement. Au bout de deux heures, ils se mirent à pleurer. Mais, cinq heures plus tard, ils reçurent d'excellentes nouvelles : ils avaient répandu tellement de lumière que Dieu avait changé d'avis et décidé de sauver le monde de la destruction !

Les *Seekers* se retrouvèrent face à un choix : accepter la vérité gênante – qu'ils avaient eu tort de vendre leurs maisons –, ou accepter le mensonge douillet – qu'ils avaient sauvé la planète entière.

Ils choisirent la deuxième option.

Dès le lever du soleil, ils lancèrent une campagne médiatique et racontèrent leur histoire à tous ceux qui voulaient bien l'entendre.

***

Renée devait elle aussi choisir entre une vérité gênante et un mensonge douillet...

C'était le milieu de la nuit.

Elle secoua ses jambes, se frotta le front, renifla, s'étrangla et leva la tête vers la bouche d'aération.

Elle aperçut le fragment de bouilloire, ce qui l'arrêta dans son élan :

— Non, Renée, non ! Je dois garder les idées claires. Je peux mettre hier à profit. Je peux devenir un meilleur moi.

Elle activa Moi-Vert :

— Bonjour, Renée Ann. Cette journée va être unique en son genre.

Renée se tapota la lèvre :

— Hier était unique en son genre. J'ai eu une sorte de... disons, « Révélation ». J'ai découvert quelque chose de nouveau.

— Je sais tout ce qui vaut la peine d'être su.

— Mais que sais-je ?

— L'herbe est bleue.

— Bien entendu.

— Je suis parfaite.

— C'est vrai ? Oui... Non... Attends... Dis-moi autre chose.

— Je n'ai pas mangé de sandwich au fromage grillé depuis des années.

Peu à peu, ses révélations refirent surface, l'une après l'autre, comme les gouttes d'eau d'un robinet qui fuit :

— Je n'ai rien accompli.

Plic.

— J'enfreins ma propre règle.

Ploc.

— J'ai dû être malheureuse.

Plic.

— Je dois travailler plus dur.

— Le marché ne m'aidera que si je m'aide moi-même.

— Je trouverai du travail.

— Oui ! Mais... Attends... Et si je n'en trouve pas ?

— Et si mes genoux cèdent ?

— Et si on me vole mon matelas ?

— Est-ce important ?

— Y a-t-il quelque chose d'important ?

— Pourquoi suis-je en vie ?

Renée bondit sur ses pieds :

— Je dois le découvrir ! Je dois le savoir !

Elle s'habilla à toute vitesse, étala du rouge sur son visage, oublia de cliquer sur ses accessoires, sauta le petit déjeuner et boucha le tube de son masque à gaz avec de la gomme pour bloquer le flux d'antidépresseurs.

Elle était prête à affronter la journée.

***

Il faisait toujours noir quand Renée se glissa à l'extérieur.

Une colonne de fumée – ou peut-être était-ce la brume – imprégnait l'air de fantaisie. Une étoile solitaire anticipait l'aurore lyrique. Le sol était doux et crémeux.

— Les musulmans veulent me capturer !
— Fichus barbares !
— Ferme la satanée trappe !!!

Renée verrouilla la trappe, monta dans l'ascenseur et sortit dans Podsville.

Elle fut assaillie par le doute :

— Ai-je bien fermé ma trappe ? Je me souviens de l'avoir verrouillée. Mais je l'ai verrouillée hier aussi. Peut-être est-ce hier dont je me souviens. Peut-être. Oui ! Je dois retourner vérifier.

Elle tourna les talons, attendit l'ascenseur et remonta. Cinq pence furent ajoutés à sa dette.

Quand elle atteignit son pod, quelle ne fut pas sa surprise de découvrir que deux de ses avatars l'avaient devancée. Moi-Spécial et Moi-Extra étaient en train de se battre, tentant de vérifier le cadenas, mais incapables de le toucher. Ils formèrent une boule, leurs expressions tourmentées, leurs yeux gris et leurs cheveux hirsutes.

Renée avança, déverrouilla chaque verrou, reverrouilla chaque verrou, soupira et retourna à l'ascenseur.

Elle traversa Podsville en trébuchant, se retenant aux murs et traînant les pieds. Elle bâilla. Moi-Vert chancela. Moi-Original chuta et avança en rampant. Moi-Spécial bomba le torse :

— Je suis la seule Moi, meilleure que tous les Autres-moi. Je serai heureuse. Oh moi dans les cieux !

Renée ne lui accorda aucune attention.

Étourdie, prise de vertige, elle s'agenouilla et remarqua une éruption sur sa paume :

— Et si elle se propageait ? Et si elle recouvrait tout mon corps ? Et si je n'arrivais pas à travailler ? Qu'est-il arrivé à mon appétit ? Pourquoi ma bouche est-elle si sèche ? Oh, pourquoi dois-je m'inquiéter autant ?

Elle manqua de buter sur le chat mort.

La peau du chat s'était ouverte et affaissée, et commençait à se décomposer. Il semblait plus petit. *Tout* lui semblait plus petit ou plus grand, plus vif ou plus terne qu'avant.

Le pavé inégal lui évoquait le bord d'une falaise. La Tour Nestlé ressemblait à une minuscule figurine. Les murs lui paraissaient mous et spongieux. L'avatar qui se masturbait semblait crier : « Rah... Rah... Renée ». La Zone Industrielle West End ne faisait pas un bruit.

Renée eut envie de hurler :
— Noooon !!!
— Non ! Je dois rester forte.
— Reste forte, Renée. Reste forte.
113 542,16£
113 542,17£
Elle était arrivée à Oxford Circus.

***

Renée fut évaluée par l'Interviewer de Podsicle.

Privée de sa dose de médicaments, elle trouva l'expérience vaguement familière. Elle se rappela que cet avatar avait cité des chiffres et qu'il avait porté une attention minutieuse à son régime alimentaire. Les détails lui échappaient, mais elle décida de ne pas s'en soucier. Elle décrocha le poste, traversa la ville en clopinant et arriva devant Mansion House ; un bâtiment brun et blanc, large de vingt mètres, qui avait autrefois été le siège de la *North Eastern Railway Company.*

Elle suivit ses avatars à l'intérieur, où elle déambula dans sept chambres, une terrasse de toit, une cave à vin, une piscine et un sauna. Elle admira, émerveillée, les lustres blancs et brillants, les lucarnes artisanales et les mosaïques étincelantes. Elle suivit les frises qui caressaient chaque porte, chaque panneau.

Ses avatars répétèrent les instructions de l'oligarque :

— Démolis-le !
— Détruis-le !
— Décontamine l'air !
— Anéantis chaque atome.
— Reconstruis-le.
— Démolis-le.
— Reconstruis-le.
— Démolis-le.
— Encore. Et encore. Et encore.

Elle s'empara d'une batte de cricket et fracassa les vitres.

Le verre tomba comme une pluie de diamants.

Renée s'interrompit :

— Est-ce... bien ?... Bon ?... Productif ?
— Tout travail est productif.
— L'oisiveté est un péché mortel.
— Travailler dix pourcents plus vite pourrait me propulser au sommet du Tableau d'Intensité.

Ces mots focalisèrent l'attention de Renée.

Elle traîna un canapé incrusté de rubis jusqu'à une fenêtre brisée, le souleva et le fit basculer. Ses endorphines firent un bond. Elle saisit un œuf de Fabergé et le lança contre un mur. Elle se sentit euphorique. Elle renversa une table basse. Elle se sentit divine. Elle fit des bonds sur un sofa en satin. Elle entra dans le top deux cents du Tableau des Travailleurs de Londres.

Moi-Vert fit clignoter une flèche, qui la mena jusqu'à un portrait.

Elle pouvait voir chaque détail de son cadre doré et sculpté à la main, mais était incapable de voir la toile elle-même. Ses Plentilles l'avaient remplacée par une image de Renée elle-même :

— Drôlement ravissant !
— Je suis ravissante ! Youpi !

Renée frissonna, submergée par un sentiment de déjà-vu.

Tandis qu'elle arrachait le tableau du mur, du plâtre s'effrita.

Son sentiment de déjà-vu s'accentua.

Elle écrabouilla un dragon et une figure chinoise à tête mobile.

Son sentiment de déjà vu prit des proportions titanesques.

Elle aperçut un piano, qui commença à changer de forme. Ses pieds se recourbèrent vers l'intérieur, ses surfaces devinrent dorées et des motifs en camaïeu apparurent sur ses côtés.

Renée cilla. Le piano devint noir.

Renée cilla. Le piano devint doré.

Noir. Doré. Noir. Doré. Noir.

Renée trembla :

— Qu'est-ce que c'est que ça ? Où l'ai-je déjà vu ? Pourquoi le vois-je maintenant ?

Elle contempla une bête mythique, dont le cou reptilien s'agitait à la fois rapidement et lentement. Elle vit un somptueux tapis rouge, mille lustres et une porte secrète :

— J'ai déjà vu ces choses. Oui ! Mais... mais où ?... Peut-être... Non... Peut-être... *La nuit de la bouilloire brisée !*

Les souvenirs de Renée commencèrent à refaire surface :

— Podsicle Palace !

« Comment un Autre-moi pourrait-il se permettre un tel palace ? Comment a-t-il pu travailler deux millions d'années ?

« Et ma dette !

« Je gagne moins que ce que je dépense. Je ne peux pas faire un seul remboursement. Je ne rembourserai jamais ma dette, je ne prendrai jamais ma retraite, je ne serai jamais... jamais... Oh, c'est si vain ! »

Souffrant déjà d'épuisement, d'angoisse, de manque de nourriture et de sommeil, Renée fut accablée par ces pensées. À genoux, elle posa la tête contre le sol et se cramponna au tapis.

Ses avatars s'écroulèrent :

— Donnez-moi un « R ». Donnez-moi un « E ». Donnez-moi un « Née ».

— Qu'est-ce que j'ai ?

— Renée !

— Vive Renée. Vive Renée !

Renée rampa derrière Moi-Vert, se redressa et leva un vase de la dynastie Ming au-dessus de sa tête :

— Non ! Hors de question ! Je ne veux pas le briser. Je veux un sandwich au fromage grillé. Je veux Podsicle Palace. Je veux garder ce magnifique baquet !

Son classement dans le Tableau de l'Hésitation chuta de trois millions de places, et elle se retrouva derrière Paul Podell dans le Tableau de l'Obéissance.

— Oh Renée. Oh moi !

Elle se sentit soudain glacée ; son cœur battait dans sa gorge et elle perdit sa vision périphérique. Elle se concentra sur le vase, le leva aussi haut que possible, sauta et le fracassa par terre.

Elle grimpa de cinq places dans le Tableau de l'Obéissance.

Elle haleta, se calma, et suivit Moi-Vert jusqu'à deux cierges.

Ses doutes refirent surface :

— Pourquoi dois-je détruire ceci ? Ça n'a aucun sens de tout détruire puis de tout réparer juste après. Ne vaudrait-il pas mieux ne rien faire du tout ?

Elle haleta :

— Non ! L'oisiveté est un péché mortel.

Elle marqua une pause :

— Mais est-ce bien vrai ?

Cédant à la pression de son écran, qui affichait à présent son mauvais classement dans plusieurs tableaux, Renée ravala ses doutes, ramassa une tronçonneuse, l'enclencha et s'attela à détruire l'escalier ; retirant une balustrade, la reclouant en place, la retirant et la replaçant ensuite. Elle répéta ce processus cent fois, monta une marche et recommença du début :

— Je dois le faire pour rembourser ma dette. Oui ! Je dois vraiment le faire ! C'est vrai. C'est comme ça !

— Le dur labeur est vertueux.

— Je suis vertueuse.

— Je suis divine !

***

Renée inspecta la scène. L'escalier était abîmé, branlant et difforme, mais avait néanmoins conservé la forme générale d'un escalier. N'importe quel autre jour, cette vue aurait empli Renée de fierté.

Pas aujourd'hui :

— Mais... Quel gâchis... C'était... c'était bien mieux avant !

Elle fronça les sourcils :

— Je dois travailler pour rembourser ma dette. Mais je ne rembourserai jamais ma dette. Donc je n'ai pas besoin de travailler. Et ce travail n'a pas besoin d'être effectué. Alors à quoi bon ? Pourquoi m'embêter ?

Elle fit une pause, tenta de se consoler, mais ne put échapper à ses doutes :

— La valeur des choses que je produis est censée être égale à la valeur des choses que je consomme. C'est la loi simple du libre marché. Mais je n'ai jamais rien produit, donc je n'ai jamais gagné le droit de consommer. Oh moi... Je n'ai jamais pris mes responsabilités personnelles... Qu'ai-je fait ?... Qu'ai-je fait de ma vie ?

Elle se tira les cheveux :

— Les machines produisent tout ce dont j'ai besoin, que je travaille ou non. En fait, je ne fais que les gêner. Alors à quoi ça rime ? Pourquoi travailler ? Pour qui est-ce que je travaille ? Qui bénéficie de mon travail ? Oh, Renée... Je ne comprends plus rien.

Elle s'écria :

— Qu'est-ce que je raconte ? Je travaille pour moi ! C'est moi qui bénéficie de mon travail ! Moi, moi-même et encore moi !

Elle leva les mains et sourit :

— Oh, merveilleuse moi ! Ces pensées sont véritablement uniques. Aucun Autre-moi n'a jamais eu de telles pensées.

Elle fit la grimace :

— Mais je ne peux pas ne *pas* travailler. Les individus doivent travailler ! Les individus doivent avoir des emplois individuels, les effectuer de manière individuelle, mais ne peuvent pas être si individualistes qu'ils ne travaillent pas du tout. Toute individualité doit se conformer !

Renée inspira profondément, oubliant qu'elle avait enfoncé de la gomme dans l'embout du masque à gaz.

Elle s'étrangla. Sa pression artérielle augmenta, son cœur palpita et ses mains s'engourdirent. Mais elle se sentit forcée de continuer et d'achever le boulot qu'elle avait commencé :

— Responsabilité personnelle !
— Le dur labeur vient juste après l'individualisme.
— Vive Renée !
— Vive moi !

Elle suivit Moi-Vert jusqu'à une montre de poche, mais ne trouva pas la force de la ramasser. Ses membres lui semblaient lourds, son esprit embrouillé, et elle devint extrêmement consciente de l'effort qu'il lui fallait pour respirer.

Elle plissa les yeux, ramassa la montre à sa deuxième tentative, et la lança dans les escaliers.

Celle-ci rebondit avec léthargie, comme si honteuse de tomber, et atterrit sans une seule égratignure.

Elle s'approcha d'une bague en diamant, leva la main et s'écroula.

— Tout ira bien.
— Non, tout n'ira pas bien !

Renée se sentit honteuse d'avoir crié sur Moi-Vert.

— Je suis lamentable, murmura-t-elle. Toutes ces émotions, ces inquiétudes et ces doutes délicats...

Puis elle craqua :

— Moi-Original est encore pire que moi ! Regarde-moi, enfin, avec mes minuscules gambettes. Je n'arrive même pas à soulever une bague !

Coincée entre ses pensées et ses mots, elle fut incapable de continuer.

Le Superviseur de Podsicle se matérialisa au-dessus d'elle :

— Renée Ann Blanca. Travailleur 2060-5446. Âge : Vingt-quatre ans. Dette : 113 544,84£. Calories disponibles : Soixante-seize.

Renée ouvrit les yeux. Le Superviseur enchaîna :

— Au nom du marché ! Les actions de Renée sont un crime contre la responsabilité personnelle. Renée perdra vingt millions de places dans le Tableau des Travailleurs de Londres et encourra une amende de dix mille livres. Répéter cette performance pourrait entraîner la repossession du pod de Renée et la déconnexion des gaz de Renée. Pour le bien de moi !

— Pour le bien de moi.

— Moi, moi, moi.

— Moi, moi, moi... Oui, moi ! Qui est-*il* pour m'accuser, *moi* ? Cette chose devant moi, me disant quoi faire, n'est rien de plus que lumière et air. Il n'a jamais travaillé dur un seul jour de sa vie. Qu'est-ce qui lui donne le droit de me donner des ordres ? De me juger ? Je demande une explication. Je demande justice. Je demande... je demande... je demande moins d'indifférence. Ça me rend folle. Ouste ! Ouste, machin ! Ma dette ne sera pas augmentée. Mes classements ne chuteront pas. Je suis la meilleure, meilleure que tous les Autres-moi. La meilleure, je le dis, la meilleure de tous !

La dette de Renée augmenta de vingt pence à chaque mot qu'elle prononça. Au début, cela l'inquiéta. Mais Renée était bombardée par tant d'émotions contradictoires, par tant de doutes et de peurs, que ces sentiments se volatilisèrent bientôt, avant de fuser, formant une seule boule amorphe d'angoisse et de honte.

Elle ignora le Superviseur de Podsicle quand celui-ci reprit :

— Je ne peux pas revenir sur ma décision. Mes données soutiennent mon analyse. Ce serait un honneur et un privilège de te donner un feedback : Renée, sois fidèle à Renée ! Pense à Renée ! Ne te défile pas, travaille, et Renée n'aura plus jamais d'amende.

Renée fut submergée par un tsunami de terreur intense.

Son corps se mit en mode *lutte ou fuite*, produisant tant d'adrénaline que son rythme cardiaque devint sporadique ; palpitant en battements courts, déchargeant trois battements rapides, faisant une pause, cognant, s'arrêtant et recommençant. Ses muscles se tendirent, la plaquant au sol. Son esprit passa d'une source d'angoisse à une autre :

— Ma dette ! Mon pod ! Mon corps ! Mon travail ! Ma dette ! Mes bras ! Mes classements ! Mon avenir ! Mon pod ! Mes doigts ! Mon travail ! Mon cœur ! Ma dette ! Mes gaz ! Mes Moi-Amis ! Mes vêtements ! Mes boulots ! Ma vie ! Mon travail !

Rien ne semblait réel. Rien n'avait de sens.

Le cœur de Renée tournait à plein régime, tirant des coups comme un fusil automatique. Son corps l'ébranla de l'intérieur. Ses yeux sortirent de leurs orbites. Ses oreilles résonnèrent. Elle commença à trembler, à suer, à s'étrangler et à avoir mal :

— Mon pod ! Ma respiration ! Ma dette ! Mes classements ! Mes oreilles ! Mes gaz ! Mes gencives !

Renée marqua une pause :

— Mes gencives ! Oui, mes gencives ! Mes magnifiques gencives !

Son cœur cogna contre ses côtes.

Elle leva la main de quelques centimètres, mais n'eut pas la force de continuer son geste.

Elle réessaya et parvint à se toucher le visage, mais ne put retirer son masque.

Elle ferma les yeux, rassembla toutes ses forces, leva la main, souleva son masque, retira la gomme et inspira.

Elle consomma bien moins de gaz que la nuit de la bouilloire brisée, mais celui-ci eut un effet similaire. Ses muscles se détendirent, se contractèrent, puis se relâchèrent. Ses mains fourmillèrent. Sa langue eut un goût de sucre. Elle se sentit légère, vide, heureuse et libre.

Ses paupières papillonnèrent.

Tout devint noir.

Tout devint silencieux.

Tout devint immobile.

VOIS. PARLE. COURS.

« *Remettez tout en question.* »
GEORGE CARLIN

Vous avez sans doute entendu parler de l'intellectuel Grec Archimède.

La légende raconte qu'Archimède reçut un jour la tâche de mesurer le volume de la couronne d'un roi. Cette tâche s'avéra être un défi, jusqu'à ce qu'Archimède visite son spa local. Alors qu'il se frottait et se prélassait dans les eaux apaisantes, il vit un homme entrer dans le bain. Quand l'homme plongea sous la surface, il déplaça une quantité d'eau correspondant exactement au volume de son corps.

— Eurêka ! s'écria Archimède. Eurêka ! J'ai trouvé !

Toujours nu, il sortit des bains, sprinta dans la rue et se rendit aux pieds du roi.

— Eurêka, s'enthousiasma-t-il. Eurêka, eurêka, eurêka !

***

Renée connut son propre *Eurêka*.

Groggy et légèrement droguée, elle se réveilla pour se retrouver étendue sur un tapis persan. Sa cervelle pulsait et sa bonne joue tressautait, passant du violet au prune puis au mauve.

Elle remarqua ses classements, qui avaient chuté, et sa dette, qui avait augmenté de dizaines de milliers de livres. Puis elle remarqua ses avatars. Moi-Vert semblait pâle et maigre. Moi-Original suçait son pouce. Moi-Extra s'arrachait les cheveux :

— J'ai atteint la limite de découvert bancaire.

— La Banque de Chine n'autorisera aucun autre paiement.

— Mon approvisionnement en gaz sera désormais coupé.

Le masque à gaz de Renée gronda, puis s'asséchait.

Elle se remémora ses dernières pensées :

— Je ne pourrai jamais rembourser ma dette. Je ne pourrai jamais prendre ma retraite. Cette vie continuera encore et encore.

Elle frissonna :

— Je n'ai jamais rien produit de valeur, donc je n'ai jamais gagné le droit de consommer.

Elle trembla :

— Les machines produisent tout ce dont j'ai besoin. Je ne fais que les gêner. Alors à quoi ça rime ? Pourquoi travailler ? Pour qui est-ce que je travaille ? Qui bénéficie de mon travail ?

Elle accentua chaque mot :

— Pour *qui* est-ce que je travaille ?

— *Qui* bénéficie de mon travail ?

Ses réponses initiales avaient été si catégoriques :

— Je travaille pour moi ! Je bénéficie de mon travail ! Moi, moi-même et encore moi !

Mais, à présent, elle n'en était plus si sûre :

— Qu'est-ce que ce « Qui » ?

Elle répéta tout haut :

— « Qui » ? Mais... Eh bien... Qui diable est ce « Qui » ?

— Qui était un groupe de rock and roll de Shepherd's Bush.

— Je suis la reine du flipper.

— Je suis la meilleure.

— Non... Non, non et non... Où ai-je déjà entendu ce mot ? Hmmm... « Qui »... Un de mes avatars l'a-t-il prononcé ? Non. L'ai-je vu passer sur Twitter ? Non. En ville ? Peut-être. Non, ce n'est pas ça. Sur le... Oui ! C'est ça ! J'en suis sûre. J'ai tout compris. Je suis un génie !

Renée s'était souvenue d'une photo datant de sa jeunesse, dont elle s'était débarrassée à sept ans. Elle ne se rappelait que vaguement l'inscription sur son cadre : « *Sois toujours qui je suis.* »

— Qui !

Cette photo, qu'elle avait vue sans ses Plentilles, commençait à prendre forme. Des arbres apparaissaient en arrière-plan. Et là, au premier plan, se trouvait une femme. Pas Renée, mais quelqu'un d'autre.

— Maman ? murmura Renée.

Le simple fait de prononcer ce mot l'effraya. Elle ne savait ni ce qu'il voulait dire ni d'où il était sorti, mais elle ne pouvait tout simplement pas l'ignorer.

Il lui rappela le murmure, le souffle, le sifflement du vent :
— Maman. Maman. Maman.

Ses yeux s'écarquillèrent :
— Oui ! J'ai compris ! « Qui » veut dire un autre, tout comme cette silhouette. D'Autres-moi réels, vivants, qui respirent. D'autres Renée. D'autres moi !

Or, cher ami, vous pourriez considérer une telle affirmation comme assez, disons, « insipide » ? « Prosaïque » ? « Évidente » ? Mais, aux yeux de Renée, ces mots étaient plus qu'inconcevables. C'était une hérésie. Elle avait reconnu que d'autres individus pouvaient exister ! Non pas en tant qu'avatars, en tant que travailleurs rivaux ou en tant que classements dans des tableaux ; mais en tant qu'authentiques êtres sentients, tout comme elle-même.

Cela la terrifia. Son cœur sauta quelques battements. Mais le mal était fait. Elle ne pouvait plus le nier. La réalité de la situation l'avait frappée entre les deux yeux.

— Pour qui est-ce que je travaille ?
— Qui bénéficie de mon travail ?

Ces questions indiquaient un intérêt pour d'autres personnes. Renée voulait que son travail aide quelqu'un d'autre ! Mais pourquoi ? Ça n'avait aucun sens :

— Et si ce n'était pas juste pour le travail ? Et si j'avais créé mes avatars et mes Moi-Amis parce que, au fond, je voulais être amie avec d'Autres-moi ? De *vrais* Autres-moi ? Et si mes selfies étaient une tentative d'impressionner d'autres moi ? Pas un Moi-Ami, mais un moi vivant, qui respire. Et si j'avais créé Moi-Sexe parce que je voulais avoir des relations sexuelles avec un autre moi ? Ou toucher un autre moi ? Ou enlacer un autre moi ?

Une pensée lui traversa l'esprit :
— Mes succès me semblent dénués de sens parce que je n'ai pas d'autre moi avec qui les partager. J'ai besoin d'un autre moi ! D'un autre moi !!!

Elle bondit sur ses pieds, indifférente à la douleur, fit une pirouette et s'écria « Eurêka ! » :

— C'est ça ! Je veux un autre moi. Eurêka ! Je ne veux pas juste me posséder moi, je veux posséder un autre soi. Eurêka ! Ne pas être seule, mais... Je ne sais pas. J'ignore comment le dire, c'est fou, mais je dois l'avoir. Un autre soi ! Oui. Eurêka ! Je peux satisfaire mes besoins physiques, mais pas mes besoins émotionnels. J'ai besoin d'un autre moi. J'ai besoin d'Autres-moi. Eurêka ! Eurêka ! Eurêka !

— Les Autres-moi n'existent pas.

— Je n'ai besoin que de moi-même.

— Moi, moi-même et encore moi.

Renée voulait s'opposer à ces affirmations. Mais ses avatars ne faisaient que répéter des choses auxquelles elle avait toujours cru. Ils devaient avoir raison !

Elle secoua la tête et soupira :

— Oh, j'ai vraiment tout fait foirer, cette fois. Comment ai-je pu être si peu professionnelle ? Comment ai-je pu remettre mon patron en question ? Dix mille livres ! Un million de places ! À quoi pensais-je ? Si seulement j'avais travaillé plus dur. Quelle triple idiote !

Elle enlaça ses genoux :

— Je suis un individu. La crème de la crème ! Pourquoi voudrais-je d'un Autre-moi ? Il m'influencerait. Il m'empêcherait d'être moi. Non ! Je ne peux pas laisser faire ça.

Elle se couvrit les yeux :

— Je suis une traîne-misère. Je suis une moins que rien. Je suis inutile. J'ai échoué.

Elle trembla :

— Les vrais individus n'ont pas besoin d'Autres-moi. Les vrais individus prennent la responsabilité d'eux-mêmes.

Elle hocha la tête, comme pour acquiescer avec elle-même, fit une pause, puis secoua la tête :

— Non ! Non, non et non ! Pourquoi devrais-je prendre mes responsabilités ? Mes problèmes ne sont pas *ma* faute, ils ont été créés par le système ; ce système pourri, qui m'isole des Autres-moi ; qui me place sous la pression du travail, de la compétition, du consumérisme. Ce système est à blâmer. Ce système devrait prendre ses responsabilités !

Elle fronça les sourcils :

— Non ! Non, non et non ! Je dois prendre mes responsabilités personnelles. Je dois trouver un autre moi. Je dois toucher un autre moi. Maman ! Je dois le faire moi-même. Je dois le faire maintenant !

Ses certitudes se mêlèrent à ses doutes. Elle murmura :

— Je ne peux pas... Je peux... Je vais souffrir... Je vais réussir... Non ! Oui ! Oui !!! C'est ça : vouloir vivre avec d'Autres-moi me rend véritablement unique ; le moi le plus individuel qui ait jamais vécu !

Et ensuite, tout haut :

— Je suis la meilleure ! Un véritable individu !

— Je suis la seule moi, meilleure que tous les Autres-moi.

— Toute individualité doit se conformer.

— Achète cinq amis, reçois-en un gratuit !

***

En manque de calories, Renée s'efforça tant bien que mal de rentrer chez elle.

Elle se concentra sur chaque pas, leva le menton et trébucha en avant ; regardant au-delà de son écran et contemplant le monde sous un nouveau jour.

Ici, un panneau en verre, divisé en ombre et en lumière, avec une traînée dramatique dans un coin. Ici, un pavé orné de galets majestueux. Ici, une goutte de pluie étincelante, un mouton de poussière insouciant, un câble qui s'échappe, un robot, un avatar, un homme ?

C'était presque trop. Renée gratta l'intérieur de ses poches, agrippa sa poitrine, sauta, hennit et gémit :

— Je suis ! Maman ! Individu ! Château de joie. Cœur des cœurs. J'en achète cinq et j'en reçois un gratuit !

— Achète du Coca Cola maintenant.

Les avatars de Renée étaient affalés contre les murs, s'écroulant, se traînant, se relevant, trébuchant et tombant. Ils avaient des poches sous les yeux. Leurs mains étaient couvertes d'éruptions.

Renée était gênée. Elle était sûre que ses avatars attiraient l'attention. Elle était certaine que ces deux yeux perçants lui grondaient dessus. Ces deux-ci lui faisaient penser à des rayons laser. Ces deux-là brûlaient rouge. Ces deux autres semblaient hurler.

— Maudit soit Moi-Original. Je me trahis moi-même !

— *Je suis la meilleure*, geignit Moi-Original pour se justifier.

— Évidemment, que tous les Autres-moi veulent me regarder. Je suis magnifique !

— Un ange.

— Une déesse.

— Divine.

Renée était sur le point d'argumenter, mais une pensée la frappa :

— Je veux que les Autres-moi me regardent ! Je veux regarder les Autres-moi. Pas seulement leurs avatars : de *vrais* Autres-moi. Qu'il et elle me regardent. Que je les regarde !

Renée posa les yeux sur l'être devant elle.

L'intensité de cette action suffit à lui donner le tournis. Elle n'avait jamais rien fait de tel. Évidemment, elle avait rivalisé avec d'autres travailleurs et s'était moquée de leurs avatars, mais elle ne les avait jamais vraiment vus :

— Allez, Renée. Vas-y : fais-le. Regarde les Autres-moi.

La vision de cet homme aveugla Renée.

Elle cligna des yeux pour dissiper l'éclat, se calma, inspira et le dévisagea.

Le dos voûté, les genoux pliés, il était incapable de se tenir droit. Ses sourcils protubérants se pliaient selon les angles les plus illogiques. Mais ses yeux ? Quels yeux ! Quels trous noirs ! Ses yeux avaient été aspirés dans son crâne. Ils ne tournaient pas, ne faisaient pas le point et ne s'ajustaient pas. Ils existaient simplement, inertes, comme deux perles noires ; indifférents au monde et indifférents à notre Renée.

— Pourquoi ne me regarde-t-il pas ? Regarde-moi, maudit soi, je suis réelle !

Renée continua à le dévisager. L'homme continua à l'ignorer.

Elle se rapprocha encore plus, mais l'homme ne broncha pas.

Pas tourmenté après pas tourmenté, ils s'approchèrent l'un de l'autre.

De plus en plus proches ; leurs nez sur le point de se toucher. Renée tressaillit, inspira et se tint prête pour le contact. Elle n'avait jamais touché d'autre être humain, et cette pensée l'exaltait et l'horrifiait à la fois.

L'homme traversa notre Renée et continua sa route.

— Crotte ! jura-t-elle. Maudits avatars, faits de lumière fluide. Il et elle devraient se faire pousser de la vraie peau.

Renée se sentit abattue. D'un autre côté, elle se sentait également bien. Elle avait fait l'impensable : elle avait reconnu l'existence d'autres personnes et essayé d'établir un contact visuel. Elle avait enfreint le plus grand des tabous :

— Je suis incroyable !

— La meilleure.

— Gillette, la perfection à la Renée.

Renée en voulait plus. Comme une toxicomane, pour qui une dose ne suffisait jamais, elle voulut recommencer à planer, grisée par cette expérience. Elle voulait établir un contact visuel avec un véritable être humain. Elle voulait que celui-ci reconnaisse son existence et la trouve géniale.

Elle balaya les environs du regard et vit une cinquantaine d'autres êtres, en plus de ses propres avatars, mais aucun qui la regardait.

Elle hurla :

— Regardez-moi ! Je suis là ! Ne me laissez pas ici toute seule !

Elle courut vers l'être le plus proche, un adolescent avec les traits tirés d'un vieux. Elle le regarda dans les yeux, mais l'adolescent ne lui rendit pas son regard. Il traversa notre Renée.

Elle courut de l'autre côté de la rue, abandonnant ses propres avatars dans son sillage. Elle s'arrêta devant une femme âgée aux dents rares et à la peau gercée. Celle-ci la traversa également.

Renée courut en avant, en arrière, ici, là, traversa la rue dans un sens, puis dans l'autre. Elle tenta d'établir un contact visuel avec cet homme aux coudes brûlés par le soleil, avec cette femme aux sourcils tombants et avec cet enfant au visage triangulaire. Elle n'engendra aucune réaction :

— Je ne veux pas d'avatars. Je veux des Autres-moi. De vrais Autres-moi. Au moins un Autre-moi doit être vrai !

Elle ne jeta pas l'éponge. Elle fit des détours, s'engouffra dans des rues latérales, plongea ses yeux dans ceux d'un être puis d'un autre, espérant au-delà de tout espoir qu'ils l'entendraient, la verraient ou la toucheraient.

Comme si elle développait une résistance à sa drogue de prédilection, chaque nouvelle tentative apportait à Renée un peu moins de satisfaction.

Elle cria :

— Je n'en peux plus d'être seule. Je dois être entendue. J'ai besoin d'un autre moi.

— Je serais plus heureuse si les Autres-moi n'existaient pas.

— Les Autres-moi sont les pires.

— Non, non et non ! J'ai tort. La ferme ! J'ai complètement tort !

Les avatars de Renée ne surent comment réagir. Ils cherchèrent des données inexistantes et exécutèrent des algorithmes sans fin. La barrette de Renée se mit à fumer. Moi-Spécial devint gris de parasites, Moi-Original perdit ses traits, Moi-Vert bugga et Moi-Extra disparut.

Renée persévéra.

Poussée par une certaine obstination, elle chercha à établir un contact visuel avec chaque être qu'elle croisa. Ici avec cette femme décharnée. Là avec cet homme râblé. Elle décocha un regard implorant à ce jeune aux lèvres retroussées. Elle foudroya du regard cet enfant aux mains démesurées.

Ils la traversèrent tous.

Renée rendit son verdict :

— J'ai reconnu qu'il existait d'Autres-moi. C'est courageux. Je me suis rapprochée de plusieurs d'entre eux. C'est énorme. J'ai tenté d'établir un contact visuel. Sainte-moi ! Mais il et elle n'ont pas réagi. Je dois en faire plus. Je dois me faire entendre.

Une femme d'âge moyen s'approcha de Renée quand celle-ci passa sous la Tour Nestlé. Son visage avait la forme d'une proue de navire. Elle avait les épaules voûtées et les traits avinés.

Renée la regarda dans les yeux et dit « Bonjour ».

Indifférente à sa dette, qui avait augmenté de vingt pence, elle fut enchantée de sa propre audace. Cependant, il faut dire qu'elle était surprise de découvrir qu'elle n'était pas *plus* enchantée que ça. Ce qu'elle avait fait était tout bonnement révolutionnaire. Elle avait parlé à un autre être ! Elle avait bien lancé des insultes en l'air quand Moi-Spécial l'y avait encouragée, mais elle n'avait jamais regardé un autre être dans les yeux, reconnu son existence et offert un mot gentil. Personne ne l'avait fait. Ses actions s'étaient écartées des lois mêmes de la nature.

— Bonjour, continua-t-elle dans un murmure nerveux. Bonjour, je m'appelle Renée.

Une livre fut ajoutée à sa dette.

— Quelle imbécile ! hurla Renée. Est-elle sourde ou simplement ignorante ? Je voulais juste être sympa !

Moi-Original parvint à geindre :

— Les Autres-moi sont de la merde.

Moi-Spécial se ralluma et clignota.

Renée inspira profondément :

— La persévérance vient juste après l'individualisme. Je ne baisserai pas les bras !

Elle courut jusqu'à un punk aux cheveux pourpres :

— Salut !

Elle courut jusqu'à une hippie aux ongles vernis :

— Je suis la meilleure.

Elle courut jusqu'à un skateur aux tatouages criards :

— Sois mon ami !

Le punk la traversa, la hippie traversa la rue et le skateur tourna dans une ruelle.

Elle courut vers ce réactionnaire aux cheveux gris, ce rastafarien avec ses dreadlocks et cet enfant boursouflé. Elle leur dit « Salut », « Parle-moi », « Rejoins-moi », « Respecte-moi » et « Sois courageux ».

Aucun d'entre eux ne réagit.

Elle courut vers ce retraité aux cheveux mauves, ce géant rasé de près et cet adolescent boutonneux. Elle leur dit « Coucou », « Papotons un peu », « J'existe », « Allô ? » et « Réponds ! ».

Aucun ne sembla s'en soucier.

Le rythme cardiaque de Moi-Original se fit sporadique ; palpitant en battements courts, déchargeant trois battements rapides, faisant une pause, cognant, s'arrêtant et recommençant. Ses muscles se tendirent, le plaquant au sol. Ses yeux sortirent de ses orbites.

Renée n'y fit pas attention.

Sa dette grimpa en flèche.

Elle s'en désintéressa.

Elle avait découvert les plaisirs interdits de la rébellion et en redemandait.

Elle s'approcha de ce jeune constellé de taches de rousseur aux cheveux gominés, de cet homme avec une verrue sur le nez et de cette vieille au visage rond.

Ils ne réagirent pas.

Elle entra dans Podsville.

Elle dit « Regarde-moi », « Écoute-moi », « Touche-moi » et « Sens-moi ».

Mais elle ne reçut aucune réponse.

Elle aurait pu continuer encore et encore, mais elle était arrivée devant son pod. Elle secoua la tête, la respiration sifflante, déverrouilla la trappe, se glissa à l'intérieur, avala un substitut calorique, but un milkshake protéiné, se balança un peu, fut submergée par l'épuisement, ferma les yeux et s'endormit.

À DROITE AU FEU

« *La* vision est l'art de voir ce qui est invisible *aux* autres. »
JONATHAN SWIFT

Il était une fois une lionçonne, dont la mère était décédée peu après lui avoir donné naissance. Elle erra, seule et sans but, jusqu'à tomber sur un troupeau de moutons. La plupart s'enfuirent en courant. Mais une âme courageuse prit la jeune lionne en pitié, lui fit signe et l'éleva comme sa fille.

La lionçonne apprit grâce à sa mère adoptive. Elle apprit à manger de l'herbe et à bêler comme un vrai mouton. Elle était heureuse, mais pas satisfaite. Elle avait le sentiment qu'il manquait à sa vie un ingrédient essentiel.

Un jour, au début du printemps, son troupeau fit halte au bord d'une rivière pour se désaltérer. La jeune lionne se pencha, vit son reflet dans l'eau, paniqua et poussa un rugissement démoniaque. Il était si fort et terrifiant qu'il fit fuir tous ses compagnons.

***

Renée rugit :
— Aaaargh !!!
Elle s'était réveillée dans un état d'espoir et de crainte.

Elle s'était souvenue de ses révélations et de ses efforts pour engager le dialogue avec d'autres personnes. Cela l'avait remplie d'espoir. Elle avait cru se trouver au bord d'un précipice de grandeur.

Puis elle s'était souvenue de sa dette, de ses classements et de son indice de solvabilité. Cela l'avait remplie de crainte. Elle ne pouvait se permettre les produits indispensables à sa survie.

Elle ouvrit Alexa et commanda un tube de substitut calorique.

Dix-sept lettres rouges clignotèrent sur l'écran principal de son pod :

CRÉDIT INSUFFISANT

Elle réessaya et reçut le même message. Elle commanda une pomme créée en laboratoire, qui ne coûtait que quatre-vingts pence, mais les lettres continuèrent à clignoter. Elle voulut acheter l'article le moins cher qu'elle put trouver, un surimi, mais ne put effectuer son achat.

Ces lumières scintillèrent dans l'esprit de Renée : Rouge. Blanc. Rouge. Blanc. Rouge.

Elle ferma les yeux, inspira, ouvrit les yeux et fit l'inventaire de sa nourriture : environ cinquante grammes de glucides en poudre, deux tranches de saumon séché génétiquement modifié, une portion de riz artificiel précuit et les restes d'un substitut calorique.

— Je dois travailler et gagner de l'argent pour pouvoir m'acheter plus de nourriture. Mais je ne peux pas. Je ne peux pas ! Assez de ce train-train abrutissant. Assez de ce cauchemar récurrent de routine et d'emplois inutiles. Mon travail n'est pas productif. Il ne m'aide pas. Il n'aide pas les Autres-moi. Il ne sert à rien, c'est tout !

Son exacerbation rendait Renée loquace :

— Ne veux-je donc pas être libre ? Ne comprends-je donc pas la liberté ? Je suis une esclave ! Je me suis emprisonnée et je dois m'échapper.

Elle s'habilla, étala du fond de teint sur sa joue, s'interrompit et jeta le pot de fond de teint. Elle s'empara de sa trousse de maquillage, la vida et envoya valser tout son contenu. Elle saisit sa barrette, la plia et vit son écran disparaître :

— Adieu, faux prophètes. Adieu, faux amis. Adieu, irréalité. Bonjour, monde !

Elle se rallongea :

— On m'a laissé faire le travail de mon choix tant que je travaillais. On m'a laissé consommer ce que je voulais tant que je consommais. J'ai gagné des batailles, mais j'ai perdu la guerre. Trop, c'est trop ! Je ne veux plus de ce travail dénué de sens. Je ne veux plus consommer pour le bien de la consommation. Je veux être libre. Je veux partir !

Renée se rassit en fanfaronnant, enchantée par la prise de conscience grisante de son vrai moi :

— Les Autres-moi ne refusent pas de travailler ! Les Autres-moi ne partent pas ! Mais moi, je vais le faire. Je serai un vrai individu. Je remporterai la vie !

Elle récupéra son tee-shirt de rechange, en noua les extrémités et le remplit de nourriture. Elle utilisa son pantalon de rechange pour attacher ce sac de fortune à ses épaules. Elle glissa la barrette dans sa poche, en souvenir, s'empara de son masque à gaz et partit sans verrouiller la trappe.

***

Dès qu'elle sortit de l'ascenseur, Renée aperçut un septuagénaire. Il était beige, avait le visage long et les yeux laiteux, avec des lèvres gercées et une pomme d'Adam proéminente. Ses tentatives de se tenir droit indiquaient une détermination d'acier. Son dos voûté sous-entendait une vie difficile.

Renée le regarda dans les yeux et dit « Bonjour ».

Le septuagénaire l'ignora.

Renée était sur le point de réagir, mais elle s'arrêta net en réalisant que c'était peut-être sa faute à *elle*.

C'était une pensée radicale :

— Je rate quelque chose. Mais quoi ? C'est... Enfin... Attends une petite minute. Je ne sais même pas s'il est réel ! Si c'est un avatar, je ne devrais pas gaspiller ma salive. Mais l'est-il ? Est-il réel ? Avatar ou... Je dois savoir. Je dois le découvrir !

Renée inspira, porta un doigt à son œil et retira sa Plentille. Plutôt que *visionner* le monde à travers ce filtre, elle le *vit* pour ce qu'il était vraiment.

Elle vit un rat, qui détala entre ses jambes.

Elle frissonna. Renée n'avait encore jamais rencontré de rat, et la simple vue de sa queue sinueuse la remplit d'effroi. Mue par un instinct de survie primaire, son cœur sursauta, *elle* sursauta et ses poils se hérissèrent.

Elle ferma les yeux, trembla, se focalisa sur son souffle, compta jusqu'à dix et, lentement, rouvrit les paupières.

Il lui fallut plusieurs secondes pour se rendre à l'évidence. Partout où elle avait visionné un avatar, elle voyait à présent un rat.

À l'occasion, sa deuxième Plentille convertissait ces rats en avatars ; leur donnant l'aspect d'un être humain réel. Puis son œil sans Plentille révélait leur silhouette murine.

Rat. Avatar. Rat.

Ce jeune au ventre comme une barrique se mua en rat dodu aux dents vampiriques et aux mains humanoïdes. Cette petite brunette se transforma en rat amaigri aux yeux diaboliques. Cet homme chauve en rat déplumé. Cette femme en rat poilu.

Rat. Avatar. Rat.

Renée cligna des yeux aussi rapidement qu'elle le pût :

— Ça explique pourquoi aucun Autre-moi ne répondait quand je le saluais. Mais... Attends un peu... Qu'est-il arrivé à tous les Autres-moi ? Il et elle sont-ils morts ? Il et elle ont-ils jamais existé ? Ai-je toujours été seule ? Contre qui ai-je rivalisé dans mes classements ? J'ai besoin d'Autres-moi. J'ai besoin d'un autre moi !

Elle inspira profondément, roucoula et retira sa seconde Plentille.

Un rideau fut levé, et la rue de Renée se révéla dans toute sa splendeur crasseuse. Elle ne se trouvait plus dans une ruelle étroite, entre deux murs de pods, comme elle l'avait toujours cru. L'empilement de pods derrière elle ne faisait que quinze unités de haut. Le sommet d'un deuxième empilement était tout juste visible au loin. Entre ces deux pâtés de pods, un tas d'ordures gigantesque remplissait la rue. Il s'arrêtait à moins d'un mètre du pod de Renée, délimitant la soi-disant « ruelle » qu'elle avait empruntée tous les jours.

Ensevelis sous les débris se trouvaient les morceaux de bouilloire que Renée avait jetés de son pod. Ici, des emballages, des tubes vides et des tessons de bouteilles abandonnés. Là, des écrans fissurés et des matelas déchirés ; de la chair en décomposition, qui disparaîtrait sous peu, et du plastique, qui s'éterniserait. Un mélange gluant d'urine et de fèces retenait le tout en place.

Et l'odeur ! C'était comme si ses yeux avaient envoyé un message à son nez :

— Sainte moi toute puissante !

Ici, l'odeur de poisson pourri, de mauvaise haleine et de chien mouillé. Là, l'odeur de milliers de rats morts. Ce fumet d'œuf pourri, avec un relent de douceur toxique. Ce bouquet d'humidité, avec un effluve de mousse.

Renée eut un haut-le-cœur. La pestilence de l'endroit s'était insinuée dans sa bouche. Elle pouvait goûter le fumier et la moisissure. Elle pouvait sentir les égouts couler dans ses poumons.

Elle ferma la fente à nourriture de son masque à gaz et tenta d'ignorer la puanteur.

***

Renée avança à pas lents et lourds. Sans écran pour afficher sa dette, elle ne ressentait plus le besoin d'avancer par bonds. Sans ses avatars pour la guider, elle devait regarder par terre ; contourner cette flaque suintante, cette pomme moisie et cette bouteille vide.

Renée tourna à gauche pour sortir de Podsville et manqua de trébucher sur un chat mort. Elle ne put en croire ses yeux. Ici, un ventre infesté d'asticots, exposé aux éléments. Là, deux jambes en décomposition. Mais ce n'était pas un chat. C'était un homme ! Ses os étaient rougis, son nez proéminent et tordu. Ses orbites étaient vides et sa peau ressemblait à du porc trop cuit.

— Hourra ! Je ne suis pas seule ! J'ai enfin trouvé un autre moi.

Ses oreilles s'empourprèrent. Elle fit un saut en étoile et lança son poing en l'air. Puis :

— Je *suis* seule. Toute seule ! Oh, si seule.

Elle donna un coup de pied au cadavre, le réprimandant avec une malveillance absolue :

— Comment ose-t-il être mort ! Comment ose-t-il ! Pense à moi. J'ai besoin de lui. Pauvre Renée. Pauvre moi.

Elle comprit alors :

— Moi-Original ! Oh, comment ai-je pu me maudire ! Je n'essayais pas de me faire trébucher, j'essayais de le contourner.

Elle inspira profondément, instinctivement, oubliant que son approvisionnement en gaz avait été coupé. Elle retrouva l'équilibre et traversa Russell Square.

Cette partie de la ville n'avait pas beaucoup changé. Des tours vertes en verre s'élevaient toujours comme des barreaux de prison géants, atteignant le ciel, qui était toujours un plafond gris. Mais les rues étaient maintenant jonchées de détritus, plusieurs panneaux en verre étaient manquants ou brisés, et des rats détalaient à présent là où les avatars déambulaient autrefois. Renée ne vit pas âme qui vive – jusqu'à ce qu'elle tourne à un coin et aperçoive l'homme qui se masturbait.

Il était habillé normalement, son pantalon en velours brun attaché par une corde, ses chaussures couvertes d'éraflures. Mais il y avait quelque chose d'étrange.

Renée s'arrêta pour le regarder. Se retrouver nez à nez avec un autre être vivant, pour la première fois de sa vie, l'avait paralysée. Elle se couvrit les yeux, les découvrit, pour enfin accepter la vérité.

Moi-Spécial s'était trompé. Cet homme n'avait pas un visage poupin et brillant. La vie l'avait abîmé, rendant sa peau abrasive et creusant ses joues. Il était ratatiné, desséché, chétif, gris et âgé. De la salive séchée avait englué ses lèvres. Une tache de vin en forme d'étoile marquait sa lèvre inférieure.

Il y avait autre chose...

La main de cet homme faisait bien des va-et-vient, mais elle n'était pas dans son pantalon. Il ne se masturbait pas. Il gesticulait d'une main qui tremblait de faiblesse. À ses pieds se trouvait un panneau en carton :

Sans-abri et affamé. À votre bon cœur.

Renée se gratta le crâne :

— Pourquoi lui donnerais-je de la nourriture ? Je mange la nourriture. Si je ne la mange pas, elle pourrait pourrir.

Elle dévisagea l'homme, qui essayait d'ouvrir la bouche.

Au bout de quelques minutes, un petit trou apparut au coin de sa bouche. Le trou commença à s'agrandir, entrouvrant ses lèvres millimètre par millimètre.

Son regard était désespéré. Renée ne pouvait se défaire de l'impression qu'il ne la voyait pas, mais qu'il voyait *en* elle ; pénétrant chaque atome de son être.

Elle se cramponna à son sac :

— Il peut sentir mon inconfort. Je dois sembler figée sur place. Oh, et s'il me rejetait ? Et si je le rebutais ? Je ne veux pas le déranger. Je ne veux pas l'embêter.

Elle voulait se rapprocher de l'homme. Après tout, c'était son plan depuis le début : approcher la première personne qu'elle rencontrait, la regarder dans les yeux et dire « Bonjour ». Mais, ici, dans le monde réel, les choses n'étaient pas aussi simples.

Ses muscles se tendirent.

Elle avait peur que l'homme lui réponde et de ne pas savoir quoi faire. Elle avait peur qu'il ne réponde *pas*, qu'il ignore complètement son existence. Elle ouvrit la bouche pour parler, mais fut incapable de prononcer un mot.

Son corps refusa de joindre l'acte à la parole.

Elle se sentit incroyablement complexée. Trouvant ses jambes trop droites, elle plia les genoux. Elle secoua les pieds, se sentit ridicule, et bomba le torse pour compenser. Ayant le sentiment d'avoir exagéré, elle baissa les yeux vers ses pieds.

Le vent sembla murmurer son nom : « Rah... Rah... Renée ? »

C'en fut trop pour elle.

Elle pivota et prit ses jambes à son cou, sans faire attention où ses pas la menaient. Au lieu de tourner à gauche, vers Oxford Circus, elle tourna à droite, traversa Euston Road et Camden, puis continua sur Highgate Road.

***

Les rats et les déchets se dissipèrent.

Le ciel sembla plus bleu.

Tout était noir ou vert...

Les tours industrielles cédèrent la place à des bâtiments délabrés : anciens, abandonnés et cendreux. Les maisons dégoulinaient de poussière solide. Les vitrines des magasins avaient perdu leurs vitres. Les pylônes carbonisés paraissaient nus sans leurs câbles.

Et pourtant, au cœur de ce mal-être opaque, Mère Nature remportait sa guerre ; récupérant la terre qui avait autrefois été sienne. Des vrilles de lierre s'appropriaient des maisons de ville victoriennes. Des arbres poussaient dans les foyers impuissants. L'herbe avait percé le tarmac.

Renée se concentra sur cette herbe. Vaguement, elle réalisait que c'était, en fait, de l'herbe. Pourtant, elle ne pouvait pas y croire.

— Non, siffla-t-elle. L'herbe est bleue. Qu'est-ce que cette herbe verte ? Je dois halluciner. Je dois être folle.

Clignant des yeux, elle tenta de transformer le vert en bleu :

— Ça ne peut pas être de l'herbe. Non. Peut-être est-ce une mutation. Ou que la couche bleue a été enlevée.

« Et ces trucs-là ? Ces poteaux bruns aux chapeaux verts ? J'en ai déjà vu. Mais où ? Sur la... Non. Attends... Une minute... Oui ! Sur la photo. Maman ! En arrière-plan, on pouvait voir des poteaux bruns avec des chapeaux verts broussailleux. Cette « maman » doit être tout près. Peut-être... Oui !... Peut-être... peut-être est-ce cet autre moi que je cherche ! »

Renée éprouva une sorte d'excitation frivole, qui nous vient naturellement dans l'enfance, mais est généralement oubliée avec l'âge ; une sensation de fourmillement qui se propagea dans ses bras et la força à ouvrir grand les yeux.

Elle fit halte, leva les yeux vers un arbre et aperçut une chose étrange. À vos yeux, cela pourrait ressembler à un rouge-gorge ordinaire. Vous ne lui accorderiez sans doute que peu d'attention. Mais Renée n'avait jamais vu de rouge-gorge. En fait, elle n'avait jamais vu d'oiseau :

— Douces vibrations de moi !

Elle se joignit à son chant :

— Cheer-up, cheer-a-lee, cheer-up, cheer-ee-o.

Quand le rouge-gorge sautilla sur sa branche, Renée dansa en cercle. Quand il battit des ailes, Renée agita les bras :

— Cheer-up, cheer-a-lee, cheer-up, cheer-ee-o.

L'oiseau s'envola.

Renée voulut s'envoler. Elle échoua, sans surprise, et atterrit lourdement sur son séant :

— Oh moi ! Non mais. C'était si... si... joyeux ! Je veux cette joie. Je veux chanter et danser et voler. Oui. Mais il y a autre chose...

Hmmm... Qu'est-ce que c'était ? Oui ! Ses vêtements ! Pas un *Swoosh* de Nike en vue. Pas un seul accessoire. Ça doit être ça : la nudité. La nudité est la joie !

Renée arracha ses vêtements, un vêtement à la fois. Son tee-shirt atterrit sur un banc, son pantalon dans un buisson et sa culotte fut emportée par le vent, qui l'abandonna plus loin dans la rue.

Et elle continua, battant des bras vers un corbeau, qui resta juste hors de portée :

— Regarde-moi faire ! C'est la chose la plus individuelle qui ait jamais été faite. Les Autres-moi portent peut-être des tenues différentes, personnalisées et accessoirisées, mais ils portent tous des vêtements. Pas moi ! Je suis aussi individuelle qu'il soit possible de l'être. Je remporte la vie.

Renée s'émerveilla devant chaque arbre qu'elle dépassa : cet érable déployé, qui semblait exiger l'attention du soleil ; ce chêne, dont les racines emprisonnaient le tarmac fissuré ; ces arbres-ci, qui semblaient si petits de loin, et ceux-là, penchés ou droits, dont l'écorce pouvait raconter mille histoires.

La vue de ces arbres rendit Renée euphorique. Mais, arrivée à Hampstead Heath, la vue de tant d'arbres les uns à côté des autres fut presque trop. Elle se figea, se rappela le sans-abri, fit la grimace, jura et chercha des yeux son écran.

Ses doigts appuyèrent sur des boutons imaginaires dans le ciel.

Elle ferma les yeux, inspira, et fit un lent pas tremblant.

Peu habituée à réfléchir par elle-même, elle attendit que Moi-Vert fasse une suggestion, ou que Moi-Extra lui lance un avertissement.

Ses yeux furent attirés vers l'horizon nostalgique, où la terre se fondait dans le ciel et le ciel se fondait dans la terre. Des taches jaunes criblaient la vallée, là où des jonquilles avaient commencé à fleurir. La lande sentait bon les poires pochées, le pollen et le paillis.

Une brume basse voila la vue.

Mais les avatars de Renée n'apparurent pas. Aucun Moi-Ami ne vint à son secours. Aucun écran ne vint l'assister.

Renée n'eut d'autre choix que d'imaginer Moi-Vert. Et le voilà qui apparut, un pétillement dans le regard, mille paillettes sur sa robe.

Et ainsi commença une conversation imaginaire dans l'esprit de Renée :

— Cette eau est divine.
— Ah oui, l'eau. Quelle excellente idée.
— Je suis excellente.
— C'est vrai, oui C'est vrai !

Renée fendit les hautes herbes à grands pas, déplaçant les graines et pataugeant dans la boue. Elle sentit quelque chose effleurer sa cheville, sursauta d'effroi, puis sourit d'allégresse. Elle écouta des rossignols soliloquer dans les ronces. Elle écouta une alouette chanter faux.

Elle s'assit au bord d'un étang.

Sa surface étincelait, comme si couverte d'un million de pierres précieuses turquoise. Des nénuphars flottaient sur l'eau, sans jamais s'éloigner.

Renée se pencha pour boire, vit son reflet dans l'eau, paniqua et poussa un rugissement démoniaque :

— Aaargh !!! Quelle est cette bête affreuse, cachée dans cette mare ? Ouste ! Ouste ! Va-t'en, ignoble chose corrompue.

C'était la première fois qu'elle voyait son visage, non retouché par ses écrans, et elle refusait de croire que c'était bien elle. La vue de sa joue en plastique la remplit d'un mélange de peur et de haine. Son œil endommagé par le Botox lui donna envie de hurler.

Elle recula en chancelant, s'éloigna de l'étang, enlaça ses genoux, attendit, attendit encore, et fut déçue quand le monstre ne réapparut pas :

— Pourquoi ne veut-il pas me voir ? Suis-je trop belle ? Suis-je trop bonne ?

Elle inspira profondément, bomba le torse et rampa vers l'étang.

Lorsqu'elle passa sa tête au-dessus de l'eau, le monstre réapparut en dessous d'elle. Elle recula et le monstre disparut. Elle avança et le monstre réapparut. Elle se déplaça sur le côté et le monstre se déplaça avec elle :

— Ce n'est... ce n'est pas un monstre... Non... C'est... c'est moi !... Mais... Comment ? Comment puis-je ressembler à ça ? J'étais si belle, autrefois. Non ! Je veux rentrer. Je veux redevenir parfaite. Je ne suis pas du tout parfaite.

Elle se souvint du sans-abri :

— Pourquoi ne pouvais-je pas m'en approcher ? Qu'est-ce qui ne va pas chez moi ? Pourquoi ne suis-je plus parfaite ?

Elle imagina son écran holographique, vit ses classements chuter, sa dette augmenter, et entendit une infinité de voix désincarnées résonner :

— Ma dette pourrait être effacée en 6 500 remboursements faciles.

— Je décrocherais certainement du travail si je retournais à Oxford Circus.

— Ma place est à Podsville.

— Podsville est un endroit sûr.

— Cet endroit est effrayant.

— Il y a trop d'espace.

— Il y a trop de liberté.

— Je dois fuir cette liberté !

Elle se pinça la cuisse :

— Non, Renée, non. Ne sois pas si folle, ma parole !

Tentant d'échapper à ces voix, elle enfonça ses doigts dans ses oreilles et posa les yeux sur la lande.

Tout ce qu'elle vit lui parut satisfait. Ces fleurs fleurissaient, inconsciemment, sans pensées ni désirs. Ces oies semblaient prendre beaucoup de plaisir à sentir la brise. Il n'y avait pas un seul classement en vue. Ces canards ne rivalisaient pas pour plonger le plus profond, caqueter le plus fort ou nager le plus loin. Ces arbres ne tentaient pas de monopoliser l'air.

Chaque créature faisait attention aux besoins des autres.

Quand un canard s'approchait trop d'un cygne, le cygne levait la tête et le canard s'éloignait. Quand le rivage était congestionné, certaines oies plongeaient pour se baigner.

Renée vit deux chiens dormir ensemble, enlacés, utilisant l'autre comme oreiller. Elle vit deux chats se lécher et se laver l'un l'autre.

— Mais que font-ils ? demanda-t-elle à une version imaginaire de Moi-Vert.

Moi-Vert haussa les épaules.

— Pourquoi les miaous ne sont-ils pas comme moi ? Pourquoi ne suis-je pas comme les zoziaux ? Pourquoi les coin-coin ne rivalisent-ils pas ? Pourquoi les bâtons colorés ne pensent-ils pas ? Quels imbéciles ! Quelle fichue harmonie ! Oh moi, oh moi !

Renée soupira, sourit, puis passa les quelques heures suivantes à observer la scène.

***

Dès qu'elle s'allongea pour se reposer, sa peau se mit à la démanger. Elle déballa son sac de fortune et enfila son tee-shirt et son pantalon de rechange. Elle mâchonna son saumon séché, avala son substitut calorique et posa les yeux sur l'herbe.

Elle vit un groupe de nécrophores. Ensemble, les coléoptères portèrent une souris morte sur une motte de terre fraîche, la creusèrent, y laissèrent la souris et, chacun à leur tour, pondirent des œufs dessus.

Renée crut devenir folle :

— Pourquoi ces bestioles ne rivalisent-elles pas ? Qu'est-ce qui ne va pas chez elle et elle ? Chaque bébête individuelle aurait pu avoir le truc mort pour elle toute seul.

Son esprit s'emballa :

— Suis-je vraiment si différente ? Je voulais m'unir à cet homme avec son stupide panneau. Je voulais être comme les drôles de bêtes.

Physiquement épuisée par sa marche, mentalement épuisée par tout ce qu'elle avait vu, Renée était bien incapable de contrôler ses pensées :

— Pourquoi n'ai-je pas pu dire « Bonjour » à cet idiot ? Qu'est-ce qui ne va pas chez moi ? Si les bestioles peuvent coopérer, pourquoi pas moi ?

Cette rencontre ne cessait de rejouer dans l'esprit de Renée.

Elle était là, ancrée sur place, dévisageant le mendiant ; ce visage abîmé par le temps, qui n'avait pas succombé à la vanité individutopienne. Elle était là, essayant de bouger, de dire « Bonjour » ; incapable de bouger, incapable de dire « Bonjour » ; pivotant, détalant, s'échappant, échouant :

— Mais je veux un autre moi ! J'ai besoin d'un autre moi. Je dois avoir un autre moi. Et j'*aurai* un autre moi. Je le sais, c'est tout. C'est ma mission, mon objectif, et j'accomplis toujours mes objectifs. Je suis Renée Ann Blanca. Je suis la meilleure !

« Mais, et si je me fige de nouveau ? Et si je rencontre le même Autre-moi et qu'il se souvient de mon échec ? Et si je rencontre un autre Autre-moi et que je ne peux ni parler ni bégayer, mais seulement bafouiller ? Et si je rencontre un groupe d'Autres-moi ? Et s'ils me regardent, me pointent du doigt et se moquent de moi ? Est-ce ce que je veux ? Oui ! J'ai besoin des Autres-moi. Mais pourrai-je y faire face ? Non ! Je ne sais pas. Je ne sais vraiment pas. »

Renée se tourna et se retourna. Elle se posa des centaines de questions, inventa des centaines de réponses, mais ne trouva aucune satisfaction. La poussière remonta le long de ses chevilles, ses cheveux s'emmêlèrent et ses manches s'effilochèrent. Elle fut ébranlée par la désolation galopante du ciel nocturne, par la surface huileuse de l'étang, qui sembla s'animer, et par la lune hagarde qui illuminait tout, sans rien révéler.

Cette nuit sauvage et terrifiante aurait pu la tenir éveillée si elle n'avait pas été si épuisée.

Elle ferma les yeux et sombra dans un sommeil catatonique.

NORD

« Je pense, donc je suis. »
RENÉ DESCARTES

Je suis toujours là, à observer notre Renée, mais elle n'est plus aussi nette qu'avant. Je n'ai plus tant l'impression d'être avec elle. Je la regarde à travers une seule lentille et la vue est limitée.

Comme une fille qui a quitté le nid et appelle rarement, j'ai peur que nous nous éloignions. Mon amour pour elle est toujours fort, mais je ne suis pas certain qu'il soit réciproque.

Regardez-la donc maintenant ! Pouvez-vous la voir, là, avec son visage sale et ses cheveux en pagaille ? Avez-vous déjà vu une chose pareille ?

Ma parole, les douleurs liées à la croissance sont sans doute les pires !

Renée remonte un genou vers sa poitrine. Son genou est endolori après qu'elle a dormi, rigide, sur la terre inégale. Des insectes se sont frayés un chemin dans ses cheveux emmêlés, pleins d'épis dans tous les sens. Sa joue en plastique est brunie et sa joue naturelle éraflée.

Elle mange le reste de sa nourriture, se demande d'où viendra son prochain repas, se lève, boit de l'eau dans l'étang et poursuit sa route vers le nord.

***

La vue de tant de maisons abandonnées faisait frissonner Renée de malaise. Elle pouvait presque voir les vies qui y avaient été vécues autrefois, et était dépassée par le simple poids de leur absence ; par les murs qui ressemblaient à des peaux ridées ; par les toits en pente qui perdaient leurs tuiles ; et par les fondations qui s'affaissaient dans la terre, s'enterrant dans un cortège funèbre qui durait depuis des décennies.

Elle prit la décision délibérée d'éviter ces zones urbaines quand elle le pouvait ; flânant dans une série de parcs et terrains de golf, tout en cherchant des yeux le corbeau qu'elle avait vu la veille.

Elle prétendit que Moi-Vert était à ses côtés.

Ensemble, ils observèrent le monde naturel avec émerveillement, tinrent des conversations imaginaires et se posèrent des questions auxquelles ni l'un ni l'autre ne pouvait répondre. Ils pensèrent que la nature avait quelque chose à leur apprendre, mais ne purent déchiffrer son langage.

Ils contemplèrent des oiseaux voler en formation, sans se rendre compte que les plus forts d'entre eux prenaient la tête chacun à leur tour. Ils virent un aigle appeler ses amis, inconscients du fait qu'il les invitait à se gorger des restes d'un cheval mort. Ils regardèrent une variété de créatures jouer à une variété de jeux ; se chassant, se battant, lançant des restes et tentant de les rattraper :

— Pourquoi les bêtes font-elles ça ?
— Ça n'a aucun sens.
— Les bêtes sont dingues.
— Folles dingues !

***

Imitant une biche, Renée avait mangé des pissenlits pour le déjeuner, mais ceux-ci n'avaient rien fait pour apaiser sa faim. Elle n'avait reçu aucune publicité, ne regrettait pas sa nourriture synthétique, et était impatiente de découvrir les délices qui pouvaient se cacher dans cet étrange nouveau monde.

Elle émergea au nord de Barnet, où un vaste champ s'ouvrit devant elle.

— Waouh !

L'odeur de moutarde du colza emplit l'air. Des bandes jaunes de cette culture tapissaient toujours le champ, mais elles n'étaient pas seules. Ici se trouvaient des graminées et des herbes qui avaient poussé peu après l'abandon du champ. Ici se trouvaient des arbrisseaux, ayant pris racine quelques années plus tard. Et là, camouflant une autoroute au loin, une rangée d'arbres qui avaient germé après une décennie.

— Cette « Maman » vit près des poteaux bruns aux chapeaux verts.

— Tu as raison !

— Oui, j'ai toujours raison.

— Oui ! C'est ça ! Je dois trouver cette « Maman ». Je dois le trouver maintenant !

Renée traversa le champ en bondissant, exaltée et excitée, imaginant Moi-Vert à ses côtés. Elle s'empêtra les pieds dans des ronces, tomba, s'épousseta et continua son chemin.

Lorsqu'elle atteignit les arbres, elle caressa leur écorce racornie. Puis elle les vit, entre un chêne et un orme :

— Des pommes ! Je savais que ces poteaux touffus avaient quelque chose à m'apporter. Il et il m'aiment. Il et il sont la solution !

Elle fit un saut en étoile et lança un sourire niais, puis chercha son écran des yeux :

— Nourriture, glorieuse nourriture !

— Je suis probablement première dans le Tableau Recherche de Nourriture.

— Probablement, oui.

Elle marqua une pause :

— Mais pourquoi diable Nestlé attacherait-il ses pommes à un poteau touffu ? Ça n'a aucun sens. Pourquoi ne pas les livrer par drone ? C'est si... si...

— Peu rentable ?

— Peu productif !

Renée frissonna :

— Peut-être est-ce un piège. Oh Ma Renée. O.M.R ! Nestlé veut m'empoisonner, pour que je sois obligée de rentrer à Londres et d'acheter des médicaments... Oh, pourquoi suis-je partie ? Pourquoi n'ai-je pas parlé à cet homme ? Pourquoi ? Pourquoi ???

— Maudit soit Nestlé.

— Maudite sois-je.

Renée fit la grimace, recula et s'assit au pied de l'orme.

Elle éprouva le besoin pressant de cueillir une pomme, se retint, pensa au sans-abri, pensa aux pommes, tapa sur l'orme, fit craquer ses doigts, eut de plus en plus faim, se leva et se persuada

que c'était un piège.
— Un piège !
— Oui, un foutu piège.

***

Le soleil décrivait son arc dans le ciel à l'allure d'un escargot.

Renée avait l'impression que tout était parfaitement immobile, jusqu'à ce qu'une sauterelle bondisse sous son nez. Elle fusa au loin, fuyant, craignant pour sa vie.

— Devrais-je fuir ? Suis-je menacée ?
— Attaque ! Attaque ! Fuyons !

Renée s'élança, se ravisa et évalua la menace.

Elle ne trouva qu'une seule fourmi :

— Quoi ? Pourquoi ? Ça n'a aucun sens. Pourquoi la grosse bestiole fuirait-elle devant la petite bébête ?

— La petite pourrait la tuer.
— La grosse aurait pu dévorer la petite au petit déjeuner.

Renée médita sur cette question pendant plusieurs minutes, avant d'apercevoir une deuxième, puis une troisième fourmi. Elles se regroupaient autour de l'antre de la sauterelle.

Une pensée des plus étranges lui traversa l'esprit :

— La grosse bestiole n'avait pas peur de la petite bébête. Elle avait peur des milliers de petites bébêtes faisant front uni.

— L'union fait la force.
— Mais non ! Ça n'a aucun sens. Non, non et non ! Quel est donc cet endroit, où blanc est noir et noir est blanc ? Les petites bébêtes ne devraient pas collaborer. Elle et elle devraient rivaliser pour être la meilleure.

Une veine palpita sur le front de Renée.

Elle vit deux fourmis se toucher les antennes. Une fourmi régurgita du liquide, que l'autre fourmi consomma.

Bien que Renée eût observé toute la scène, elle ignora l'échange de nourriture, se convainçant que les fourmis avaient utilisé leurs antennes pour se battre.

Deux autres fourmis unirent leurs forces pour soulever une feuille bien plus volumineuse qu'elles, et s'éloignèrent avec.

Renée supposa qu'elles voulaient toutes deux la feuille pour elles-mêmes, et se sépareraient à tout moment.

Elle continua à observer les fourmis jusqu'à ce que le soleil se couche, flamboyant de couleurs phantasmagoriques : doré, abricot, puis rouge. Le ciel s'était paré de vermillon quand deux lapins bondirent dans l'herbe, trouvèrent une pomme, la partagèrent et repartirent en bondissant.

Renée se gratta le crâne :

— Ils ont l'air d'aller bien.

— Pas empoisonnés.

— Non. Nickel-chrome.

Elle se leva, flâna jusqu'au pommier, se pencha et trouva une pomme par terre. Son cœur cogna. Elle leva la pomme vers son visage, l'inspecta sous tous les angles, l'approcha de sa bouche et mordit dans la peau :

— Douce moi sur mon trône royal ! Elle est bien meilleure que les autres pommes. Mais pourquoi ? Est-elle plus sucrée ? Plus croustillante ? Elle est meilleure, pour sûr, mais impossible de décrire pourquoi.

— Impossible.

— Pas possible du tout.

Elle tendit le bras, cueillit une pomme dans l'arbre, la croqua et sourit jusqu'à ce que ses joues se mettent à tressaillir. Elle sourit de plus belle :

— Celle-là est encore meilleure que celle d'avant !

Elle mangea une troisième, puis une quatrième pomme :

— Je ne me balance pas. Pourtant, je me balance toujours quand je mange. Pourquoi est-ce que je ne me balance pas ? Pourquoi ?

Elle faillit paniquer, avant de réaliser que cela n'avait aucune importance. Elle dévora une cinquième, puis une sixième pomme.

Ballonnée et rassasiée, elle se roula en boule et ferma les yeux.

***

Le soleil reposait toujours sur l'horizon quand Renée fut réveillée par le bruit de pas distants.

Elle scruta les ombres et vit deux silhouettes fantomatiques s'approcher.

La première, une femme, était aussi blanche que du lait. On aurait dit un squelette drapé de *Swoosh* Nike. Son tee-shirt était criblé de trous, déchiré et taché. Il pendait de ses épaules décharnées. Des amas de cheveux pendouillaient mollement de son crâne.

Mais l'homme !

Renée n'avait jamais vu un visage si marqué par l'angoisse et par l'agonie. C'était un mâle alpha : grand, fort, robuste. Mais l'éclat de son regard révélait un effroi que contredisait sa silhouette musclée. Il tenait sa tête à dix bons centimètres de son cou, comme s'il cherchait à renifler le danger. Il hennissait et haletait comme un cheval, se tournant vivement d'un côté puis de l'autre, montrant les crocs, les mains prêtes au combat.

Ne faisant ni cas l'un de l'autre ni cas de Renée, ils agitaient les bras pour faire fuir les corbeaux qui les survolaient en planant. Marchant comme des zombies, les bras tendus, serpentant à droite, serpentant à gauche, s'approchant du pommier, en faisant le tour, faisant le tour l'un de l'autre.

Renée refusait d'en croire ses yeux :

— Ces Autres-moi ne sont pas réels. Il et elle ne peuvent pas s'être échappés. Cela voudrait dire que je ne suis pas unique. Non ! Hors de question !

Elle enlaça ses genoux :

— J'existe. Je le sais, c'est tout. Mais comment ? Parce que je pense ! Je pense, donc je suis. Je ne peux croire ni mes propres yeux, ni mes propres oreilles, ni ce que je vois, ni ce que j'entends. Cet homme est le fruit de mon imagination. Cette femme n'est qu'air et lumière. Il et elle n'existent pas, mais moi oui. Je pense, donc je suis ! *Je* suis la seule à m'être échappée. *Je* suis un individu. Je remporte la vie !

L'homme croqua une pomme.

— Non !!!! Qu'est-ce que c'est que ça ? S'il était le fruit de mon imagination, il serait incapable de tenir cette pomme. Sauf si la pomme était imaginaire, elle aussi. Mais non, j'en ai cueilli moi aussi. La pomme est *réelle*. Il mange vraiment une pomme. Il vole *ma* pomme !

Renée hurla :

— C'est *ma* pomme ! À moi, toutes à moi ! Comment ose-t-il prendre ma pomme ? Le démon ! C'est *ma* pomme. Rends-la moi. Rends-moi mon Nestlé maintenant !

Renée se précipita en avant et s'empara de la pomme, mais l'homme la poussa sur le côté.

Elle atterrit sur son épaule, qui se mit immédiatement à palpiter.

Elle voulait établir un contact visuel et dire « Bonjour », mais son corps refusait de lui obéir. Ses muscles se contractèrent, elle devint extrêmement complexée et consciente de l'homme. Elle s'inquiéta qu'il réponde, et s'inquiéta qu'il ne réponde pas.

Une pensée la traversa :

— Attends une satanée minute ! Je lui *ai* parlé. Je lui ai dit : « C'est ma pomme » et « Rends-moi mon Nestlé maintenant ». Il m'a touchée quand il m'a poussée. J'ai parlé à un autre moi ! J'ai touché un autre moi ! Je peux le faire ! Je peux y arriver.

Renée fit un saut en étoile. Cette fois, cependant, elle ne chercha pas son écran des yeux. Elle ne se figea pas, ne balbutia pas, ne tourna pas les talons pour fuir. Elle ne s'inquiéta pas de la réaction de l'homme. Mue par un élan de confiance, elle s'approcha de lui, posa une main sur son épaule et, d'une voix ampoulée :

— Bonjour ! Je m'appelle Renée. Je suis superbe.

L'homme repoussa Renée, tourna la tête, grogna et mangea une autre pomme.

Renée s'approcha de la femme.

— Bonjour ! J'existe ! J'étais dans le top dix du Tableau Grattage de Tête.

La femme ne réagit pas.

Renée se tourna vers l'homme et dit « Salut ». Elle se tourna vers la femme et dit « Salut ». Homme. Femme. Homme.

Ils ne réagirent pas.
— Ça ne suffit pas.
— Je dois en faire plus.
— J'ai besoin qu'ils reconnaissent mon existence.
— J'ai besoin qu'ils répondent.

Elle courut d'un côté, puis de l'autre, déclara « Regarde-moi », puis « Je suis la meilleure », frappa la femme et pinça l'homme.

Elle marqua une pause, posa un doigt sur sa lèvre inférieure, et réalisa que ses compagnons ne portaient pas de masque à gaz. Elle tenta d'établir un contact visuel, persévéra quand ils reculèrent, indiqua leurs visages, indiqua *son* visage, retira son masque à gaz, paniqua, faillit le remettre, se calma, posa son masque à gaz par terre et leva les pouces.

L'air était délicieux. Loin de la civilisation, il s'était épuré et avait retrouvé sa fraîcheur naturelle.

— Voilà ! dit-elle à la femme. Regarde-moi, maintenant. Je lui ressemble !

La femme leva les yeux.

Renée aperçut quelque chose sur son visage. Un détail : un tressaillement, voire une émotion.

Renée en voulait plus :

— Mais elle porte probablement ses Plentilles. À quoi m'attendais-je ?

Elle sourit, recula lentement, et s'adressa à la femme de plus loin :

— Elle et moi, on pourra parler demain matin. Au début... je ne pouvais pas parler aux Autres-moi, moi non plus... C'est dur. Je comprends. Il faut du temps. Demain matin... Elle et moi, on parlera demain matin.

La femme ne réagit pas.

Renée haussa les épaules, soupira et s'installa sous un arbre.

De sa position couchée, elle leva les yeux vers les oiseaux, sur les branches les plus hautes. Ils protégeaient les petits oiseaux perchés plus bas, battant des ailes dès qu'un intrus approchait.

Renée regarda l'homme, puis la femme. Elle s'assura qu'ils

étaient là et qu'ils étaient réels. Elle se demanda s'ils la protégeraient, *elle*, si un intrus approchait.

Un moineau domestique revint partager sa nourriture.

Ensemble, les oiseaux créèrent une symphonie musicale. C'était presque trop pour Renée. Mais plus elle les écoutait, plus ses oreilles s'ajustaient. Elle discerna des mélodies, puis des rythmes, puis la joie pure qui soudait ensemble ce chœur.

Il berça notre Renée vers le sommeil.

***

Elle ne dormit pas longtemps.

Elle fut réveillée par le bruit de halètements sonores. Elle put sentir l'haleine chaude, humide et de viande qui saturait l'air. Elle put sentir les empreintes de pattes qui chatouillaient le sol.

Huit paires d'yeux démoniaques brillaient comme des rubis dans l'obscurité.

Renée était encerclée par des loups.

Ils étaient immenses.

Quand la population humaine avait été rassemblée à Londres, la majorité des animaux domestiques avaient péri ; enfermés à l'intérieur, sans accès à de la nourriture ni possibilité de se défendre. Mais certains chiens s'étaient échappés. Certains s'étaient accouplés avec des loups, produisant des meutes intelligentes de chiens-loups, qui rôdaient dans les champs la nuit tombée.

Renée pouvait les voir à présent. Elle pouvait voir leurs regards psychotiques, leurs yeux corrompus, leurs mâchoires béantes, leurs crocs acérés, leurs pattes tendues et leurs oreilles horizontales.

Son cœur se mit à cogner :

Boum-boum. Pause. Boum-boum. Pause. Boum-boum.

Elle se rassit, trembla, et fit de son mieux pour évaluer la situation :

— Je n'aurais jamais dû partir de chez moi.

— Podsville était horrible mais, au moins, c'était un endroit sûr.

— Que dois-je faire ?

— Survivre !

— Sans déconner !

Renée fit tut-tut, leva les yeux au ciel et chercha ses compagnons.

L'homme était debout sous un arbre. Il montrait les dents, ses bras étaient tendus, et sa veste battait comme une cape.

Il donna un coup de pied dans des cailloux en braillant :

— Aouuuuh ! Aouuuuh ! Ouste ! Je suis le moi le plus fort de la planète : la crème de la crème. Je dévorerai tous les monstres vivants.

Renée fut choquée par sa voix. L'homme haletait toujours comme un cheval, ce qui faisait résonner chacun de ses mots, mais son ton le trahissait. On aurait dit un jeune choriste qui avait respiré trop d'hélium :

— Aaargh ! Sus à l'ennemi. Que la bataille commence ! Je suis classé douzième dans le Tableau d'Agression. Je suis en tête du Classement Massacre de monstres !

Renée dut se retenir de glousser.

Les loups se rapprochèrent.

Renée fit de son mieux pour ne pas se faire pipi dessus. Elle se roula en boule et se força à rester silencieuse.

Du coin de l'œil, elle aperçut la femme, éclairée par le clair de lune orangé. Celle-ci tourna la tête vers l'homme, puis vers les loups. Elle soufflait comme un bœuf.

Prise de peur, uniquement concernée par sa propre survie, elle tourna les talons et détala ; laissant à son compagnon le soin de se charger des loups.

Mais l'instinct de la chasse était inscrit dans leurs gènes. Les loups passèrent à l'action ; se jetant sur la femme et plantant leurs crocs dans son cou, qui se brisa sans aucune résistance.

Renée se retint de crier.

Deux corbeaux croassèrent.

Le troisième s'envola.

Le sang gicla de la gorge de la femme, brillant au clair de lune, tombant comme une pluie carmin. Ses jambes cédèrent sous elle.

Son torse tomba comme une pierre.

Les loups arrachèrent la chair de l'os.

Renée trembla :

— Que font ces bêtes poilues ? Si elle et elle voulaient manger, il aurait suffi de commander de la viande sur Amazon. Inutile d'être si cruelles.

Elle ignorait comment réagir. La majesté de cette attaque l'avait exaltée. La fontaine de sang l'avait grisée. Mais voir la tête de la femme pendre mollement de ses épaules avait terriblement effrayé notre Renée. Sa poitrine se serra et elle eut du mal à respirer :

— Ç'aurait pu être moi. Et si j'étais la suivante ? Pourquoi les Autres-moi sont-ils comme ça ? Pourquoi ???

Elle ne put s'empêcher de regarder :

— Pourquoi manger un autre moi ? Pourquoi ne pas manger de la viande ? Ça n'a aucun sens.

Ses lèvres lui parurent sèches :

— Les bêtes poilues sont plus rapides que moi, leurs dents et leurs ongles plus acérés. Elle et elle peuvent jouer à ce jeu toutes seules. Alors pourquoi y jouer ensemble ? Pourquoi partager leur repas ? Pourquoi ???

Elle trembla, serra ses genoux, eut une conversation imaginaire avec Moi-Vert, s'inquiéta, paniqua et attendit.

Elle ignorait combien de temps il fallut aux loups pour terminer leur repas. Ç'aurait pu être des secondes, des minutes ou des heures. Mais les loups finirent par s'en aller, et Renée par se lever.

Elle fut attirée par les restes de la femme.

Les corbeaux se turent.

Les pensées de Renée se turent.

Une seule question lui traversa l'esprit, s'affirmant et réclamant son attention :

— Aurais-je dû l'aider ?

— Non ! Elle aurait dû prendre ses responsabilités personnelles.

— Aurais-je dû l'aider ?

— Non ! Seuls les plus aptes méritent de survivre.
— Aurais-je dû l'aider ?
— Non ! Elle aurait dû s'aider elle-même.
— Aurais-je dû l'aider ?
— Aurais-je dû l'aider ?
— Aurais-je dû l'aider ?

LE LENDEMAIN DE LA VEILLE

« L'apprentissage ne commence que quand l'esprit de compétition a cessé. »
JIDDU KRISHNAMURTI

Il était midi quand Renée se réveilla enfin.

La première chose qu'elle vit était un lapin blanc, qui disparut aussi vite qu'il n'était apparu.

La seconde chose qu'elle vit était l'homme, qui mâchait une pomme bruyamment.

Renée s'approcha de lui par derrière, ce qui le surprit et le poussa à lâcher son repas.

Sans comprendre son geste ni la raison de son geste, Renée s'agenouilla, ramassa la pomme et l'offrit à l'homme.

Il se figea. Il retint son souffle, son cœur cessa de battre et il ne sursauta, ne vacilla et ne trembla pas. Il demeura dans cet état de paralysie glaciale pendant moins d'une seconde, se secoua et, d'un mouvement agile, trop rapide pour le voir, il arracha la pomme des mains de Renée et la poussa par terre.

Renée se réprimanda :

— Pourquoi diable ai-je fait ça ?

Elle avait l'impression que quelqu'un d'autre résidait en elle, avait pris le contrôle de ses membres et l'avait forcée à faire une chose qu'elle n'aurait jamais faite d'elle-même. Cela la pétrifiait. Elle craignait ce qui viendrait ensuite.

L'homme avait l'air furieux, et Renée ne le blâmait pas :

— Si j'étais à sa place, j'aurais voulu prendre ma responsabilité personnelle et ramasser ma pomme moi-même. Je serais furieuse si un autre moi s'était mis en travers de mon chemin. Folle de rage ! Oh Renée, comment ai-je pu être si... Aaargh !

Elle avait le sentiment qu'il ne lui restait pas d'autre choix que d'exercer son individualité.

Puisque l'homme l'avait repoussée, Renée se sentit obligée de l'attirer vers elle. L'homme ferma les yeux, aussi Renée ouvrit les siens. Elle planta un bisou sur sa joue ; le suçant avidement, comme un animal assoiffé qui venait de découvrir un puits.

Renée sourit.

L'homme fronça les sourcils.

Renée dit « Désolée ».

L'homme resta silencieux.

Renée fit la belle ; cambrant le dos et lançant un clin d'œil séducteur, comme Marilyn Monroe.

L'homme l'ignora.

Renée lui fit signe de manger.

L'homme cessa de manger.

Renée croqua une pomme.

L'homme en dévora une.

Renée accéléra. L'homme accéléra. Renée cueillit une deuxième pomme. L'homme en cueillit une troisième.

Pépins, trognons et tiges volèrent comme des confettis organiques.

Renée imagina son écran au-dessus d'elle, l'observant compter les points : Trois-deux pour l'homme. Cinq-quatre pour Renée. Onze-dix. Seize-quinze.

Elle vit son classement dans le Tableau Consommation de Pommes grimper dans le top mille... Le top cent... Le top dix.

Son ventre gonfla et son estomac gronda, mais Renée n'y attacha aucune importance. Elle tendit un bras au-dessus de sa tête, fit la grimace, cueillit une autre pomme, haleta et l'approcha de sa bouche.

Elle s'écroula, plaça la pomme entre ses dents, et la mangea sans les mains.

Renée avait mangé dix-huit pommes, mais l'homme en avait mangé vingt-et-une.

Elle exhuma une réserve d'énergie cachée, bondit sur ses pieds, cueillit trois pommes et les dévora dans une furie érotique. Elle tomba à genoux, agrippa son ventre, s'étrangla, cracha un peu de peau blanche, cracha un peu de peau verte, leva les yeux vers l'homme et siffla :

— Je n'en peux plus, maudite moi. Égalité !

L'homme enlaça sone estomac tout en contournant pesamment l'arbre. Il lui fallait une dernière pomme pour gagner. Mais, tendant le cou, il ne put trouver aucune pomme à portée de main ; elles étaient toutes sur les branches les plus hautes.

Il s'écroula, furieux.

Après plusieurs minutes de grondements d'estomacs, de serrage de ventres, de halètements, de râles et de toux ; l'homme regarda enfin notre Renée. Il hésita, se détourna, planta ses ongles dans le sol, se calma, se retourna vers Renée, la regarda dans les yeux et sourit.

Renée sourit.

L'homme éclata de rire.

Renée éclata de rire.

L'homme tourna les talons.

***

Renée passa ses doigts dans ses cheveux. Elle avança de deux centimètres avant d'atteindre un nœud. Son nez lui semblait friable au toucher. Ses aisselles sentaient le vinaigre et la viande avariée.

Elle flâna jusqu'à un ruisseau, se lava, but un peu d'eau et retourna à son arbre.

Un mince rideau de brume traversa le champ : impalpable, mousseux et impudent. L'herbe ploya sous la brise, mais les broussailles refusèrent de bouger. Une étoile solitaire semblait gênée de sa place dans le ciel diurne. Un criquet solitaire stridula quelques instants.

L'après-midi dura des heures.

Sans aucun boulot à achever, sans désir de travailler ni écran pour la distraire, Renée se retrouvait dans un état de calme inaltéré.

Elle vit un renard lancer de la nourriture à un camarade et observa un groupe de fourmis, rassurée de savoir qu'il restait encore des pommes dans l'arbre et certaine que l'homme deviendrait bientôt son ami.

Le vide du temps céda la place à la densité de l'autoréflexion.

Les yeux de Renée ne pouvaient échapper à l'appât du crâne de la femme ; retourné, débarrassé de sa chair, le visage déformé par un hurlement.

Elle eut des visions de la veille : les loups se rapprochant, son cœur martelant, la femme criant, fuyant et tombant ; les loups bondissant, sautant, mordant ; la chair arrachée à la chair, le membre arraché aux membres ; les os craquants, le sang jaillissant, la vie succombant, s'éteignant, disparaissant ; ne laissant rien dans son sillage, pas même un signe quelconque qu'une personne avait autrefois existé.

La vision se répéta à l'infini. Dès qu'elle cessait, un corbeau croassait, déclenchant la scène dans la mémoire de Renée et la forçant à revivre cette épreuve.

Elle remit chaque détail en question : la tête de la femme s'était-elle affaissée à droite ou à gauche ? Avait-elle été tuée par un loup ou par deux ? Y avait-il bien eu huit loups ? Était-elle sûre qu'il y ait eu une femme ? Pouvait-elle se fier à ses sens ?

Plus elle doutait des évènements de la veille, plus elle était assaillie par la peur, l'horreur, la colère, la culpabilité et la honte. Elle tomba dans un piège d'émotions négatives, incapable d'être reconnaissante d'avoir survécu ni de croire que les choses iraient mieux.

Le visage empourpré, elle frappa une touffe d'herbe du pied et se lança dans une tirade énervée :

— C'est ma faute si la femme est morte... Je pourrais être la suivante ! Je le mérite, faute de l'avoir aidée. Je serai la suivante ! Je suis lente et faible, mes dents émoussées et mes ongles cassants. Comment pourrais-je survivre dans ce monde de crocs, de griffes, de cornes et de défenses ? Je vais mourir. Je ne peux pas y arriver toute seule !

Renée rêva de se rouler en boule dans son pod, de parler à ses avatars, d'aller sur Facebook, d'envoyer un tweet, de gérer sa dette, d'analyser ses classements, de chercher un emploi et d'achever un boulot ; n'importe quoi pour distraire son esprit des évènements de la veille :

— Je ne peux pas y arriver, je ne peux rien faire. Toutes mes affaires sont en ville.

Elle inventa de nouvelles distractions : comparer la taille de ses doigts, compter les poils sur ses cuisses et faire les cent pas entre les arbres, tout en levant les genoux légèrement plus haut à chaque pas, jusqu'à ce qu'elle finisse par piétiner sur place.

Elle grommela :

— Je ne comprends rien. Rien du tout. Je dois rentrer chez moi, où tout est sûr.

Elle eut du mal à respirer :

— Oh, quel vide interminable ! Oh, quel océan de doute infini !

Elle se sentait déconnectée de la vie. Elle ne rêvait plus de rembourser sa dette, d'acheter un pod ou de prendre sa retraite. Elle avait perdu l'espoir de trouver « Maman ».

— Je suis ce que je possède.
— Je ne possède rien. Je ne suis rien !
— Je serai heureuse à tout moment.
— Je ne suis pas heureuse. Ça non.
— Je suis la meilleure Moi, meilleure que tous les Autres-moi.
— Les Autres-moi s'en fichent ! Ça n'a aucune importance.

Elle s'inquiéta à cause de l'homme, des loups et des pommes ; du froid, de l'obscurité et de la pluie. Elle s'inquiéta de l'insignifiance de l'existence, Londres, ses Moi-Amis, ses avatars, ses classements, son travail et son pod :

— Je veux rentrer. Je dois rentrer. J'aurai accès à Internet ! Je mangerai un sandwich au fromage grillé !

Sa décision était prise.

Elle se leva et se tourna pour partir. Mais, en se redressant, elle aperçut l'homme, qui était également sur le départ. Il respirait de manière saccadée, son air maussade révélant son tourment intérieur :

— Je ne suis pas seule. Il souffre autant que moi !

Renée remarque les pectoraux de l'homme. Elle vit les

contours lisses de ses abdominaux, qui bougeaient sous son tee-shirt ; l'étirant et le tendant, révélant sa silhouette charnelle.

Comme s'il lisait dans ses pensées, l'homme passa son t-shirt par-dessus sa tête, exposant son torse brillant. Renée retira son tee-shirt. L'homme enleva son pantalon et son caleçon. Renée l'imita.

Ils restèrent plantés là, bouche bée, se contemplant de loin :

— Il ne ressemble en rien à Moi-Sexe. Pas aussi... faux. Bien plus... réel. Bien plus... séduisant. Je dois l'avoir ! Je dois l'avoir tout de suite !

Elle saisit son vagin, tira sur son clitoris et le frotta d'un côté à l'autre. Elle haleta ; caressant l'homme des yeux ; suivant les contours de son aisselle, de sa taille et de sa jambe ; explorant ses pieds, remontant le long de sa cuisse et posant les yeux sur son pénis.

Ils restèrent là, écartés de plusieurs mètres, chacun se masturbant et couinant de plaisir tantrique :

— Je dois l'avoir !

— Je dois jouir !

— Oui !

— Oui ! Oui ! Oui !

Ils se fixèrent du regard, se masturbèrent en hurlant, tremblèrent, se regardèrent dans les yeux, montèrent au septième ciel et jouirent de concert :

— Oui !

— Oui ! Oui ! Oui !

Comme des somnambules, ils s'effondrèrent au sol.

Renée soupira de bonheur :

— Est-ce là ce que je cherchais ? Ça pourrait l'être !... Hmmm... Peut-être que j'attendrai demain pour rentrer. Après tout, il n'y a pas de mal à attendre une nuit de plus.

Une deuxième étoile apparut dans le crépuscule cireux.

L'homme bâilla.

Renée bâilla avec empathie, sans réaliser que ces deux bâillements étaient liés.

***

Quand les loups s'approchèrent cette nuit-là, l'homme et Renée étaient endormis au pied du pommier. Les cratères lunaires étaient mis en exergue par une faible lueur rouge. Le vent sifflait en strophes discontinues.

Les loups dégageaient une odeur de vieille boucherie, de sang sur de la glace, de viande fraîche et de brins de persil. Leur haleine était moins humide que la veille, mais tout aussi vaporeuse. Elle donnait à l'air un goût de bouillon.

Renée se réveilla avant l'homme. Elle se cramponna à une branche et grimpa à l'arbre.

Les loups se rapprochèrent.

Celui-ci avait la gueule ouverte. Ses dents brillaient et sa langue pendait mollement entre ses babines. Celui-là était pensif. Les yeux plissés et le museau pointu, il semblait jauger la scène. Cet autre paraissait affamé. Celui-là avait un air menaçant et méchant.

L'homme se redressa d'un coup, alerté par la présence d'un danger immédiat.

— Non ! cria-t-il d'une voix de chaton.

Mais il n'eut pas la présence d'esprit d'envoyer des cailloux sur les loups, comme il l'avait fait la veille. Il resta planté là, hébété. Immobile, nu et inactif.

Les loups se rapprochèrent.

Renée secoua une branche. Ses feuilles tombèrent comme de la neige émeraude.

Elle cueillit une pomme, la lança vers le loup et manqua sa cible. Elle lança une deuxième pomme, qui toucha le plus grand des loups.

Il geignit, davantage choqué que blessé. Son cri haut-perché fut étouffé.

Renée lança une troisième pomme, manqua, en lança une quatrième, qui toucha le loup.

Il recula de deux pas.

— Ha ! grogna l'homme, avec une tendresse aguicheuse qui

contredisait ses intentions.

Renée gloussa, secoua la branche, lança quelques pommes de plus et sauta de l'arbre ; s'étalant de tout son long devant l'homme.

— Je les boufferai pour le petit déjeuner ! hurla-t-elle.

Les loups firent un petit pas en arrière.

Renée se précipita en avant, les mains tendues et montrant les dents.

Le premier loup tourna les talons, les autres le suivirent, et ils s'éloignèrent en sautillant ; disparaissant entre les hautes herbes, qui ployèrent sous leurs pas, formant des ruisselets et des vagues.

L'attaque avait duré moins de deux minutes.

Renée avait du mal à croire ce qu'elle venait de faire. Encore une fois, c'était comme si un autre avait pris le contrôle de son corps. Cette pensée l'effrayait davantage que celle de la mort.

Nerveuse, hypersensible à chaque bruit et à chaque mouvement, elle se retourna pour faire face à l'homme. Il s'habillait avec empressement ; s'emmêla le pied dans son caleçon, faillit trébucher, manqua de tomber, enfila son pantalon et ramassa son tee-shirt.

Il semblait plus mort que vivant :

— Fait ça ? Protégé Différent-moi ? Mais pourquoi ? Quelle compétition ? Aucun sens. Dois retrouver mon pod. Chers avatars ! Podsville, j'arrive !

Il s'empara du masque à gaz de Renée et prit la fuite.

Un corbeau le pourchassa.

Renée le pourchassa ; se débattant dans les broussailles, tandis que les ronces éraflaient ses mollets et que le pollen envahissait ses narines.

Elle s'arrêta avant d'avoir parcouru vingt mètres, laissant l'homme s'échapper :

— Laisse-le, Renée. Ce n'est pas parce qu'il a échoué que moi aussi. Je peux être plus forte. Je peux être la meilleure ! Je ne serai pas comme lui. Pas question ! Je resterai, juste pour exercer mon individualité. Je serai différente. Je remporterai la vie !

LA SURVIE DU PLUS APTE

« Les associations contenant le plus grand nombre de membres éprouvant de la sympathie prospèrent. »
CHARLES DARWIN

Renée a l'air de s'être échappée d'un asile.

Ses yeux sont enfoncés, cernés de poches bouffies couleur charbon. Il lui faut faire des efforts ridicules pour les ouvrir. Quand elle y arrive, son regard est réprobateur et cruel.

Son corps est cadavérique. Pas décharné en soi, plutôt inerte.

Ses ongles sont sales.

Sa peau est écorchée.

La voir comme ça me donne envie de partir, de me rouler dans mon lit et d'effacer cette scène déplorable de mon esprit. Mais, cher ami, je ne peux tout simplement pas m'y résoudre. Et j'imagine que vous non plus. Car notre Renée est en train d'avoir une révélation. Un nouveau chapitre est sur le point de s'ouvrir...

***

Le champ était gorgé de bien trop de cauchemars pour Renée. Où qu'elle posât les yeux sur cette étendue herbeuse, elle pensait à la femme déchiquetée en morceaux, à l'homme qui l'avait abandonnée, et à sa propre descente dans le doute.

Son estomac souffrait des conséquences de sa compétition de consommation de pommes. Rempli d'acide malique, il était barbouillé et grondait.

Une biche broutait, un oiseau mangeait un ver et des fourmis transportaient une brindille.

— Attends une petite minute... Il et elle ne sont pas malades. Les quatre-pattes ne se gavent pas. Les quatre-pattes savent quand ils doivent s'arrêter de manger ! Les flap-flap ne postent pas de photos en ligne. Les flap-flap vivent dans l'instant présent. Chaque bébête comprend sa place dans l'ensemble. Les bébêtes collaborent !

Elle bondit et se mit à crier :

— Il me faut une meute de bêtes poilues ! Je vais la trouver. Maman ! Je la trouverai. Je remporterai la vie !

Renée regarda autour d'elle, renifla l'air et attendit l'inspiration.

Le dernier corbeau s'envola vers le nord, en direction de l'autoroute.

— C'est ça. Ce truc doit bien mener quelque part.

Renée se rhabilla, partit, gravit le talus et posa le pied sur l'étendue de tarmac. Elle était large de huit voies, craquelée et envahie par les mauvaises herbes, mais de la peinture blanche était toujours visible par endroits. Un panneau rongé par la rouille, dont les coins se recourbaient vers l'intérieur, affichait deux lignes indiquant « M25 » et « A1 ».

Renée s'approcha d'une voiture sans vitres, monta dedans, se cramponna au volant, appuya sur la pédale de frein et s'écria :

— Vroom-vroom. Vroom-vroom. Vrombissement ! Aaaaah !!!

L'engin lui rappelait un jeu auquel elle avait joué dans son pod, sans jamais vraiment le comprendre :

— Je suis la meilleure à ce jeu. Vroom-vroom ! Aaaah ! Dix points pour Renée !

Elle sortit de la voiture, continua à longer l'autoroute, s'engagea dans une bretelle et entra dans un hangar appelé « *Welcome Break : South Mimms.* »

Renée n'avait jamais rien vu de tel. Il n'était pas fait de verre, comme la Zone Industrielle West End. Il n'était pas surnaturel, comme les maisons qu'elle avait vues à Londres. Mais il était étrange : sans âme, vide et aéré. Pourtant, Renée éprouvait une étrange attirance pour ce lieu. Ce fut plus fort qu'elle et elle entra.

Bouche bée, elle longea une succession de pièces remplies d'étagères penchées, de frigos et d'étiquettes de prix. Vous pourriez les appeler des « Magasins ». Mais Renée n'avait jamais vu de magasin. À ses yeux, cet endroit ressemblait à un pays des merveilles psychédélique, à une scène sortant tout droit d'un film de science-fiction.

Elle déambula d'un côté à l'autre, effleurant les rampes en métal, frôlant les vitrines, lançant des magazines en l'air et dansant le tango avec un mannequin dénudé.

Certaines marques l'époustouflèrent.

— Subway, murmura-t-elle. KFC. Waitrose.

Elle vit quelque chose qu'elle reconnut :

— Have a break. Have a Kit Kat.

Ce poster la fit fredonner :

— Nike : *Just do it* !... Oui ! Je peux avoir des Kit Kats. Je peux avoir Nike. Je peux le faire ! Tout est possible si j'y crois suffisamment !

Elle bondit d'un commerce à l'autre, dansa dans les allées et zigzagua entre les caisses. Elle passa deux heures dans cet endroit, avant d'enfin se convaincre de partir :

— Meute de bêtes poilues. « Maman ». Je dois m'en tenir à ma mission.

Elle franchit un pont et suivit une route de campagne.

Les arbres d'ici semblaient plonger vers la retraite anticipée ; leurs branches basses et impérieuses possédaient pourtant une sorte d'air de conte de fées. Les feuilles de celui-ci se tapissaient le long de son tronc ; celui-là ressemblait à une danseuse ; cet autre reflétait le ciel.

Renée était stupéfiée. Ces « poteaux bruns aux chapeaux verts » l'émerveillaient. Elle les caressa, effleura leur écorce avec son nez et renifla leur odeur résineuse.

Elle dépassa un croisement. Elle ne lui prêta aucune attention, continua, s'arrêta et comprit que quelque chose clochait. Sur la pointe des pieds, elle rebroussa chemin, s'engagea sur le sentier et se gratta le crâne :

— Ces murs ne sont pas fissurés. Ces maisons ne sont pas envahies par la végétation. Elles ont presque l'air... presque... vivantes.

Six maisons mitoyennes se tenaient de part et d'autre du chemin. Certaines étaient chaulées, d'autres couvertes de lierre. Elles étaient pleines de charme, légèrement délabrées, mais douillettes et choyées. Les tuiles de celle-ci zigzaguaient sur le toit, découpant des triangles dans le ciel. Les carreaux de celle-là encadraient l'allée en gravier. Celle-ci était une tapisserie de caractéristiques originales et d'appendices non planifiés ; grilles en fer aussi vieilles que la maison et murs repeints à plusieurs reprise.

Renée entrevit les personnes invisibles à l'intérieur : cuisinant, parlant, blaguant et riant. Elle écouta leurs rires aigus et sentit la nourriture qui cuisait sur leurs poêles.

Une porte s'ouvrit et une femme d'âge moyen la franchit. Elle ne portait qu'un seul vêtement : la fourrure d'un animal, qui la couvrait des épaules aux genoux. Elle était ronde, avec des dents noires et le visage tavelé. Elle ne semblait pas avoir eu recours à la chirurgie esthétique.

Renée ne put s'empêcher de la juger sévèrement.

— Salut, étrangère ! chantonna la femme. Bienvenue dans notre modeste demeure. Pourquoi ne pas entrer et te joindre à nous pour une tasse de camomille ?

Renée sursauta. Elle dut retrouver son sang-froid et l'équilibre, avant de penser à formuler une réponse.

Une deuxième femme, celle-là nue au-dessus du nombril, apparut derrière l'épaule de la première. Renée admira les plumes qui sortaient de ses oreilles et apprécia l'effort qu'elle avait fourni en tressant ses cheveux, mais fut choquée par son impudeur.

Le visage de Renée se déforma en une grimace, et elle se couvrit le nez d'une main.

La deuxième femme s'enthousiasma :

— Bien le bonjour, chère sœur ! Tu es plus que bienvenue ici.

Renée fit un petit pas en arrière.

Derrière elle, une autre porte s'ouvrit et un vieil homme la franchit. Son visage était marqué de taches de vieillesse et ses cheveux étaient gris. Il avait une canne à la main et le dos voûté :

— Bonjour, chérie. Tu dois être épuisée. Allez, ne sois pas timide, nous serons ravis de t'accueillir.

Une troisième porte s'ouvrit et un autre homme apparut. Il portait un costume trois-pièces, raccommodé à l'aide d'un assortiment aléatoire de pièces de tissu et d'épingles :

— Oh, quelle agréable surprise ! Sois un ange et joins-toi à nous pour une délicieuse part de gâteau.

Les autres portes s'ouvrirent en rythme. Douze personnes apparurent, toutes différentes. Elles mitraillèrent l'air avec des salutations chaleureuses.

Renée ignorait comment réagir.

Elle s'était sentie à l'aise en prenant la tête, en cherchant à établir un contact humain avec ses compagnons du champ. Mais, maintenant que d'autres personnes contrôlaient le fil narratif, elle se sentait impuissante et incapable de prononcer un mot. Elle avait été à deux doigts de répondre « Salut » à la première femme – croyait dur comme fer qu'elle l'aurait fait, qu'elle serait entrée chez elle. Mais elle avait été écrasée par la présence de tant de gens et par leurs effusions d'amour. Oui, elle voulait de la compagnie et, oui, elle voulait de l'amour – mais pas tant de compagnie et pas tant d'amour. Elle était submergée par ces personnes et leurs mots étranges comme « nous » et « toi » ; par leur apparence et leurs vêtements bizarres.

D'un côté, elle pensait : « Voici ma meute de bêtes poilues. » Et elle rêvait que ce fût vrai.

Mais, d'un autre côté, elle pensait : « Ce n'est pas réel. Cela ne se peut. Les individus ne vivent pas ensemble comme ça. »

Elle pensait avoir peut-être imaginé toute la scène. Elle avait du mal à croire que ces gens désiraient sincèrement la rencontrer ; elle supposait qu'ils simulaient leur amour, avaient des arrière-pensées, et pouvaient même constituer une menace.

— Ce n'est pas réel ! s'écria-t-elle. Il et elle ne sont pas réels ! Rien de tout ceci n'est réel !

Elle fit marche arrière, pivota, tourna au coin, s'arrêta et se pencha en avant. Elle haleta. Son haleine devint blanche. L'humidité brouilla sa vision.

***

Au bout de quelques minutes, Renée reconnut l'odeur de son propre parfum, bien qu'elle ne l'eût pas mis depuis des jours.

Hébétée, elle se retourna et vit une jeune fille qui lui rappela Moi-Original. Elle était si petite, avec ses couettes et ses taches de rousseur. Elle n'avait pas encore atteint l'âge auquel nos corps commencent à refléter nos personnalités. Sa peau était toujours lisse et son visage symétrique. Elle n'avait ni imperfection ni cicatrice. Ses yeux étaient curieux mais pas sages, et son front n'affichait pas de rides moralisatrices.

Renée éprouva du réconfort en reniflant le roulé à la cannelle que la fille tenait à la main. Cependant, elle ne put que hausser les épaules et tendre les mains. Elle était incapable de former une quelconque expression faciale.

La fille leva le roulé :

— Prends-le. Il est à toi.

Renée le toucha pour s'assurer qu'il fût réel.

La fille posa sa main sur le bras de Renée.

Sur le coup, être touchée avec tant de tendresse pour la première fois de sa vie exalta Renée. Ce contact propagea une chaleur dans tout son corps, adoucissant sa peau, massant ses organes et empourprant son visage. L'ocytocine noya ses amygdales, chassant ses peurs et ses doutes. Les endorphines analgésiques soulagèrent ses pieds douloureux.

Renée trouva la force qu'il lui fallait pour répondre :

— Que... euh... Qu'est-ce que ça veut dire ?

— Qu'il est à toi. Qu'il t'appartient.

— Toi ?

— Oui. Pas pour moi et pas pour un autre gros bêta, pour toi. Scrunch scrunch scrunch.

— Pour moi ?

— Oui. Prends-le. Mange tous les petits bouts !

— Non... Je ne peux pas.

— Dégonflée ! Trouillarde ! Froussarde ! Pourquoi tu ne peux pas ? Hein ? Pourquoi ?

— Parce que... parce que je ne le mérite pas. Je n'ai rien fait pour le gagner.

— Gagner ? C'est pas un mot, ça !

— Bien sûr que si ! Je dois travailler pour pouvoir acheter ce roulé.

— Travailler ? C'est quoi ça, travailler ?

— N'importe quoi : déplacer des choses, casser des choses, écrire des rapports, courir, sauter à la corde, sauter en étoile. Tout ce qu'elle... tout ce que *tu* veux, je peux le faire. Je suis la meilleure !

La fille gloussa. C'était un gloussement séducteur, moitié écervelé, moitié coquet. Ses joues se gonflèrent et ses taches de rousseur s'étirèrent, plus larges mais aussi plus claires à chaque ricanement :

— Tu peux faire des sautillements en étoile si tu veux.

— Oui ! Je suis la meilleure aux sauts en étoile. Combien dois-je en faire ?

La fille fit des ooh et des aah, avant de répondre :

— Six-vingt !

Renée fit cent vingt sauts en étoile.

La fille lui tendit le roulé, pouffa, puis l'éloigna :

— Nan, c'était trop fastoche, bête comme chou. Maintenant, fais dix petits pas par-là, touche ton bedon, fais un roulé-boulé, renifle le ciel, fais la révérence et tombe sur ton popotin.

Renée fit ce qui lui avait été demandé.

La fille tendit le roulé, gloussa, et fit mine de l'éloigner. Mais elle fut interrompue par sa mère, qui venait de passer le coin.

La mère de la fille était une femme aux yeux globuleux, enfoncés, et aux sourcils tombants, avec un turban de cheveux auburn. Les cordes d'un tablier s'enfonçaient inutilement profondément dans la cellulite qui englobait son ventre. L'odeur de cire de bougie et de farine adhérait à ses chevilles minces, qui soutenaient tant bien que mal sa silhouette enrobée :

— Curie, chérie, je pense que notre amie peut avoir son gâteau, maintenant. Pas toi ?

Renée voulut leur demander quels étaient ces étranges nouveaux mots : « notre » et « son ». Mais elle avait faim et le roulé dégageait une délicieuse odeur, donc elle le prit et commença à le manger.

La mère sourit :
— Comment te sens-tu, ma chérie ?
— Mon estomac est satisfait, mes papilles pétillent, mais je me sens un peu ballonnée et je pense péter très bientôt. Mes jambes me font un peu mal à cause de la longue marche. Oui, voilà, j'ai pété... Hmmm... Toute cette parlote me donne envie de dormir. Et... et... suis-je censée lui demander comment elle va ? Je veux dire, comment vas-*tu* ? Est-ce bien ça ? Euh... excuse-moi, c'est la première fois que je fais ça.

La mère sourit :
— Oui, me demander comment je vais est adorable. Merci. Je suis très heureuse, ma foi.
— Heureuse ? Pourquoi ?
— Parce que je me suis fait une nouvelle amie.
— Vraiment ? Qui ça ?
— Toi, sotte. Allez, suis-moi. Nous t'avons fait couler un bon bain.

Renée se sentit rougir :
— Non, non et non ! Ce n'est pas réel ! Cela ne se peut. Ça n'a aucun sens. Pourquoi est-elle... pourquoi es-*tu* si gentille ? Si accueillante ? Tu devrais être plus égoïste, plus naturelle. Cesse de me tourmenter, espèce d'individu horrible et altruiste !

Le visage de la mère blêmit. Des capillaires tracèrent des motifs sur ses joues et ses dents transparurent à travers sa peau.

Renée se couvrit le visage :
— Désolée. C'est juste que... C'est... Rien n'a aucun sens.
La mère hocha la tête :
— C'est vrai, n'est-ce pas ? Si j'étais à ta place, je ressentirais exactement la même chose. Mais ne nous préoccupons pas de ce qui a un sens ou non. Nous pourrons nous en occuper une autre fois.

***

Quand Renée eut pris son bain, elle fut conduite à une chambre dans un loft.

C'était un endroit qu'elle trouva difficile de juger.

Le fait qu'il n'y ait pas d'ascenseur fit renifler Renée de mépris. Ces personnes n'avaient ni accès Internet, ni avatars, ni écrans. Renée ignorait si elle devait les prendre en pitié ou se moquer d'eux.

En revanche, sa chambre faisait deux fois la hauteur de son pod, et environ dix fois sa superficie. Renée pouvait se tenir debout sans se cogner la tête. Elle pouvait faire les cent pas entre le lit, la table de billard, l'étagère et le placard. Elle avait l'impression d'être gâtée :

— Mais… Non… Quelque chose ne va pas ici. Comment elle et elle… comment ont-*elles* pu se permettre un tel endroit ? Elle et elle… *Elles* ne connaissent même pas des mots comme « Travail » et « Gagner ». Comment ont-elles pu gagner un tel endroit sans travailler ? J'ai travaillé toute ma vie et je ne possède même pas un pod. Ce n'est pas juste. Ce n'est pas normal. Je ne devrais pas me fier à ces individus.

Elle regarda par la fenêtre :

— Comment un Autre-moi pourrait-il… Comment un *individu* pourrait-il mériter une telle vue ? C'est divin. C'est injuste !

Elle se sentait perdue, fâchée, choquée, perplexe, incertaine et instable. Elle aurait piqué une crise si elle n'avait pas été distraite par un homme qui rampait dans la rue.

J'ai bien peur de manquer de mots pour exprimer la vulgarité pure de cet homme. Je le déteste véritablement ! Il me retourne l'estomac et me laisse raide de dégoût. Je n'arrive pas à comprendre que quiconque puisse l'apprécier.

Cet homme, cet animal nu, se comportait comme un chien ; caracolant à quatre pattes, comme s'il gardait les maisons ; mangeant de la viande crue, tête la première dans un bol ; haletant, grognant, aboyant, hurlant, bondissant et grattant le sol. Il ressemblait même à un chien. Son corps était couvert de poils. Ses membres étaient raccourcis et fléchis par une vie passée à marcher à quatre pattes. Il n'aurait pas pu se tenir droit s'il l'avait voulu. Il a été dit que ses sens étaient inouïs, mais, personnellement, je ne suis pas enclin à croire de tels ouï-dire.

Renée fit courir sa main sur la vitre, comme si elle caressait la fourrure de cet homme-chien. Ses yeux se voilèrent. Elle avait l'impression d'avoir découvert quelque chose de vital, mais était incapable de mettre le doigt sur quoi.

Elle resta plantée là, subjuguée, regardant l'homme-chien aller et venir, aboyer, s'asseoir en triangle, lever la patte et uriner sur une plante. Elle aurait pu rester là toute la soirée si Simone, la mère de Curie, n'avait pas toqué à la porte, avant d'entrer :

— Nous allons à la maison longue. Tu n'es pas obligée de te joindre à nous, mais tu es la bienvenue si tu veux...

***

La « maison longue » était une église du treizième siècle reconvertie, dont les murs étaient faits de moellons de silex et de briques rouges. Les bancs avaient été repoussés à l'avant, et un brasero avait été creusé dans le sol, entre deux rangées de piliers blancs.

Plus de cent villageois étaient assis par terre, vêtus d'un assortiment nauséabond de peaux de daims et de moutons, de pulls en laine et de vêtements raccommodés. L'homme-chien, ce déchet de chair et d'os, était roulé en boule près de deux vrais chiens ; il gardait à l'œil notre Renée, installée entre Curie et Simone.

Renée étudia les autres villageois : cet homme appelé Kipling, avec sa moustache touffue, qui récitait un poème appelé « Si ». Cette femme appelée Pankhurst, avec ses cheveux à la garçonne, qui racontait une fable sur une tortue. Et cette fille appelée Boudicca, avec des mèches rousses, qui distribuait biscuits et tartelettes.

Il semblait à Renée que tous étaient de véritables individus. Ils portaient tous des vêtements distincts, de manières distinctes, et avaient tous des rôles distincts.

Soudain, une clameur bourdonna dans les oreilles de Renée. Les hommes s'étaient mis à chanter. Les femmes leur répondirent. Des tambours battirent, des luths vibrèrent et des cymbales résonnèrent. Les poils de Renée se dressèrent sur ses bras. Elle pressa ses paumes au sol et fit mine de se lever.

La musique cessa.

Tout le monde applaudit.

Un jeune aux cheveux longs joua un air folklorique sur sa guitare. Un quartet d'hommes entama une chansonnette à capella. Un chœur chanta *Freedom*.

Un vieillard aux cheveux argentés se leva. Les profondes ridules de son front se lissèrent puis se creusèrent ; montant et descendant comme des vagues. Sa barbe sembla pulser.

Tous l'acclamèrent :

— Bonsoir, Socrate !

Renée bredouilla le mot « Bonsoir » une seconde après tous les autres.

Tandis que le groupe discutait des réserves de céréales communes et du toit qui fuyait dans la maison numéro sept, Renée devint de plus en plus consciente des regards qui la scrutaient de toutes parts. Certains lui lançaient des regards furtifs, avant de se détourner. Un homme d'âge mûr l'observait derrière son nez crochu. Un jeune garçon pinça sa cuisse. Une jeune fille lui tira les cheveux.

Renée poussa un cri perçant.

Ce bruit alarma l'homme-chien, qui fusa de son panier, traversa la pièce en bondissant et se jeta sur notre Renée. Il aurait planté ses dents dans sa gorge s'il n'avait pas été intercepté par un groupe de femmes héroïques.

Vous voyez ! Je vous avais bien dit qu'il était méprisable et, à présent, vous l'avez vu de vos propres yeux. Sa vulgarité ne peut être niée !

Le cœur de Renée n'était plus qu'un roulement de tambour indistinct ; une bousculade de battements rugissants. Elle avait trébuché en arrière, heurté Pankhurst, renversé son thé, et s'éventait à présent le visage pour se refroidir.

Socrate se tourna vers Renée :

— Ma chère, je te prie d'excuser le pauvre Darwin. C'est un bon garçon. Enfin, la plupart du temps. C'est juste… Eh bien, il a été abandonné quand il était bébé, à Londres, et il serait mort s'il n'avait pas été élevé par des chiens sauvages. Tu as sans doute remarqué qu'il se comportait comme un chien. À la vérité, ses instincts sont incontrôlables : il veut nous protéger, sa meute, de ce qu'il perçoit comme étrange ou menaçant... Oh non... Chère petite, ne te considère pas comme une étrangère ou une menace ! Tu es l'une d'entre nous. Pardieu, ça oui ! Tu peux rester parmi nous aussi longtemps que tu le souhaites.

Un doux bourdonnement d'approbation résonna dans la pièce. Certains dirent « Bien dit ! », d'autres hochèrent la tête. Un petit garçon applaudit. Une fillette fit un bruit de pet.

— Enfin bon, nous ne voulions pas te mettre au pied du mur comme cela. Mais puisque tu as notre attention, as-tu des questions à poser ? Si tu veux, évidemment. C'est à toi de voir.

Renée leva les yeux.

Apaisée par la chaleur paternelle de cet homme, elle oublia ses inhibitions et posa la première question qui lui vint à l'esprit :

— Pourquoi votre herbe est-elle verte ?

Socrate fronça les sourcils :

— Notre herbe ? Verte ? Eh bien, ma chère, l'herbe est toujours verte.

Renée secoua la tête :

— Non ! Impossible. L'herbe est bleue !

Socrate sourit. C'était un sourire vif ; rouge cerise par endroits, parcheminé aux coutures, à la vivacité mûre :

— Oui, ma chère, l'herbe est bleue. Nous avons de l'herbe verte spéciale, car c'est comme cela que nous l'aimons.

— Oh. Et toi et lui êtes... *Vous* êtes des individus ?

— Ma foi, oui, chère petite, j'imagine que oui !

Socrate accorda à Renée le temps dont elle avait besoin pour réfléchir à une autre question.

— Pourquoi les bêtes poilues ont-elles mangé la femme que j'ai rencontrée au champ ? Pourquoi elle et elle ne mangent pas... pourquoi ne mangent-elles pas de la viande ?

— Eh bien, les gens *sont* de la viande.

— Quoi ? Non ! La viande est fabriquée dans des cuves géantes. Je l'ai vu avec mes propres Plentilles !

Socrate fit un grand sourire :

— Ah oui ? Comme c'est fascinant ! Tu devras nous raconter tout ça.

Renée hocha la tête. Ses questions fusaient de toutes parts :

— Qui parmi elle et elle… Qui parmi *vous* est « Maman » ?

La plupart des femmes levèrent la main.

Renée fronça les sourcils :

— Elle et elle… *Vous*… Vous êtes toutes « Maman » ? Mais… Le truc, c'est que… ma mission est de trouver « Maman ». Hmmm. Peut-être ai-je réussi ? Enfin, je ne cherchais qu'une seule « Maman » et j'en ai trouvé une trentaine, donc… C'est ça ! J'ai obtenu le meilleur score !

Les froncements se muèrent en sourires, qui se transformèrent en rires. Simone lui tapota le dos et Curie lui pinça la cuisse.

Socrate expliqua :

— Une maman, ou une « Mère », est quelqu'un qui a donné naissance à un bébé.

— Donné naissance ?

— Produit un bébé. Créé un enfant, une personne. Ici, quand une femme a créé un bébé, elle s'en occupe, le protège et le nourrit. Simone est une maman. Regarde comme elle s'occupe de Curie.

Renée sentit sa tête vibrer. Elle bourdonna de mille questions sur les robots Babytron, la création des bébés, Simone et Curie :

— Alors, qui… Laquelle d'entre *vous* est ma mère ? Laquelle d'entre vous m'a créée ?

Les têtes tombèrent, les épaules se haussèrent.

— Pourquoi ? Pourquoi un Autre-moi… Pourquoi un *individu* aiderait-il un enfant ? Pourquoi un individu en aiderait-il un autre ? Pourquoi elle et lui… Pourquoi faites-*vous* ça ? Pourquoi m'aidez-vous ? Pourquoi ? Ça n'a aucun sens. Qu'est-il advenu de la responsabilité personnelle ? Ne préféreriez-vous pas vous être faits tout seuls ?

Des murmures remplirent le hall.

Socrate sourit :

— Aimerais-tu entendre notre histoire ? Peut-être t'aidera-t-elle à comprendre notre manière d'agir...

Renée hocha la tête.

— Eh bien, chère petite, je pense que nous devrions confier l'histoire aux historiens du village : Chomsky et Klein.

Chomsky était tout ce que Klein n'était pas. Il était massif, tandis qu'elle était minuscule. Il avait des sourcils broussailleux et une barbe piquante, alors qu'elle était complètement glabre. Chomsky était naturellement autoritaire, même s'il était parfois enclin à des éclats d'immaturité juvénile. Klein était petite et austère. Mais ils étaient unis par leur amour commun de l'histoire, ainsi que par leur amour commun des œufs au vinaigre.

Klein prit la parole :

— Nos patriarches et matriarches, commença-t-elle en indiquant de la main un couple âgé, se sont installés à South Mimms peu après la Grande Consolidation. Nous n'étions que treize à l'époque. Nous étions les derniers syndicalistes du territoire.

Renée fronça les sourcils :

— Syndicalistes ?

— Oui, expliqua Chomsky. Les syndicats étaient des organisations via lesquelles les travailleurs s'unissaient pour demander de meilleurs salaires et conditions de travail. Ils ont accompli de grandes choses, tu sais : les congés payés, les congés de maternité et le week-end de deux jours. Mais ils étaient liés au socialisme...

Renée en eut la mâchoire décrochée.

Klein sourit :

— Les socialistes croyaient en la société. Ah, oui... La société, c'est quand deux personnes ou plus se rassemblent pour se sociabiliser... hum... pour interagir, comme nous interagissons maintenant. Ce groupe est une société. Vivre avec d'autres personnes dans une société fait de nous des « Socialistes ».

Renée se retint de lancer son poing en l'air :

— Oui ! Oui, oui et oui ! C'est exactement ce que je pensais vouloir. Je voulais interagir avec d'Autres-moi... avec des personnes. Être une *Chose Sociale*. Oui, une *Socialiste*. Mais je dois dire que c'est incroyablement étrange, maintenant que ça arrive vraiment.

Chomsky opina :

— Ça te paraît étrange parce que ça va à l'encontre de tout ce que tu as jamais connu. Tu es née dans un système individualiste. Et, sous l'individualisme, la société n'existe pas. Les gens n'interagissent pas.

Klein continua :

— Quand les Individualistes ont pris le pouvoir en 1979, leur objectif était de détruire la société. Ils ont fait la guerre aux syndicalistes, nous surnommant « l'ennemi parmi nous »... Ils ont gagné... À l'époque de la Grande Consolidation, il ne restait plus que treize d'entre nous.

— Les Illustres Treize ! proclama Chomsky.

— Les Illustres Treize, marmonna l'assemblée.

Klein haussa les épaules :

— Nous avions perdu la bataille des idées. Et même si nous voulions rester et aider, les Londoniens ne voulaient pas de nous. Même s'ils souffraient, ils voulaient travailler dur et prendre leurs responsabilités personnelles.

Chomsky continua :

— On nous mettait énormément de pression pour que nous nous conformions, tu vois. Nous n'avions pas de propriétés, pas de travail, et nous craignions la prison ou pire. Puis nous avons rencontré notre sauveuse, Anita Podsicle, la présidente de Podsicle Industries ; une femme excentrique qui possédait un quart du territoire de Grande-Bretagne.

« Anita s'intéressait beaucoup à l'anthropologie sociale. À titre d'expérience, elle nous a légué ce village et nous a observés de loin. Nous étions son hobby, j'imagine : sa petite tribu domestique de Socialistes.

« Au début, Anita avait l'habitude de nous inviter dans son palais. Nous acceptions toujours ses invitations, par peur qu'elle nous renvoie à Londres si nous refusions. Mais ces rendez-vous sont devenus de plus en plus rares au fil des ans. Et, quand Anita est décédée, nous avons perdu contact avec son héritier et fils. »

Renée hocha la tête :

— Oui... Mais... Tout ça est très beau et très mignon, et ça explique beaucoup, mais ça ne répond pas vraiment à ma question.

Chomsky et Klein froncèrent les sourcils en même temps. Les rides sur le front de Chomsky semblèrent s'étendre sur celui de Klein.

— Rien de tout ça n'explique pourquoi elle et lui... Pourquoi *vous* me traitez comme ça. Pourquoi m'aidez-vous ? Pourquoi êtes-vous si gentils ???

Le visage de Renée se durcit.

Le visage de Klein s'attendrit :

— Quand nous sommes arrivés ici, nous avons compilé une bibliothèque et avons lu comment les humains vivaient avant l'avènement des nations. Il s'avère qu'ils survivaient en opérant par équipes. En coopérant. Aussi c'est ce que nous avons fait : nous avons bâti notre village sur le principe de coopération.

Chomsky prit le relais :

— Nous voulons t'aider parce que nous aimons aider. C'est ce que nous faisons : nous coopérons. Nous opérons comme une équipe. Nous partageons.

« Nous attendons l'arrivée d'un habitant de Londres depuis des décennies. Tu es la première à être arrivée si loin, et nous sommes extrêmement excités de te rencontrer. Nous voulons partager avec toi. Il est dans notre nature de partager. Le partage est l'ordre naturel des choses ! »

Cher ami : parfois, il est plus facile de duper une personne qu'il ne l'est de la convaincre qu'elle se fait duper. Aussi, bien que Renée eût fait de son mieux pour assimiler l'histoire du groupe, cette dernière déclaration fut la goutte de trop.

— Toi et elle, vous avez tort ! s'écria-t-elle tout en bondissant sur ses pieds. Toi et elle, vous avez complètement tort ! beugla-t-elle tout en agitant les mains, comme si elle exigeait de posséder l'espace autour d'elle. Le partage ? L'ordre naturel des choses ? Foutaises !

« Je vois bien ce qu'il et elle font ; se rassemblant ici, fouinant, furetant, écoutant ; m'écrasant, me critiquant, me tourmentant ; cherchant à me rendre folle avec leur discours délirant.

« Mensonges ! Mensonges, je le dis, mensonges ! Londres n'est pas si mal du tout. Je n'ai pas besoin d'être secourue. Je *peux* prendre mes responsabilités personnelles. J'ai des avatars qui savent ce que je veux. Je n'ai pas besoin de livres. J'ai Internet ! J'ai accès à toutes les informations du monde entier ! J'ai des centaines de jeux vidéo, des milliers d'accessoires virtuels, des millions de Moi-Amis et plus. J'ai des substituts caloriques, des pâtés protéinés et de la liqueur d'émail. J'ai ma propre odeur, mes propres vêtements, mes propres tout. Je suis un véritable individu. Je suis heureuse ! J'ai tous les gaz de bonheur dont j'ai besoin. Tout ce que vous voulez ? Je l'ai. J'ai tellement plus que n'importe quel Autre-moi ici. Il et elle devraient vouloir ce que j'ai, *moi*, vouloir *mon* aide. Je suis Renée Ann Blanca. Je suis la meilleure ! »

Renée se retrouva à court de mots.

Elle avait perdu le fil de ses pensées et n'avait continué que parce qu'elle aurait eu l'air ridicule si elle s'était arrêtée.

Ses jambes flanchèrent, elle vacilla et s'écroula par terre.

Curie lui massa les épaules.

Socrate se gratta la barbe :

— Très chère, ce que tu dis est véritablement captivant. Je suis sûr de ne pas être le seul à le penser, mais je serais fasciné d'en savoir plus sur tes Moi-Amis et ton pâté protéiné. Je suis sûr que tu as beaucoup de choses à nous apprendre. À ton rythme, bien entendu. Quand tu seras prête.

Les têtes se mirent à opiner.

— Enfin, ce que je pense que mes amis voulaient dire, si j'ose interpréter, c'est que nous sommes tous heureux de te rencontrer.

Tu as dit que tu n'avais pas seulement réussi, mais que tu avais obtenu le meilleur score. Et, tu sais quoi ? Je pense que tu as raison. Chère petite, tu as raflé tous les votes !

Renée leva les yeux.

La fierté qu'elle éprouva, et qu'elle ne pouvait comprendre, encore moins décrire, était quelque chose qu'elle n'avait encore jamais ressenti.

— Chère petite, cela fait des décennies que nous attendons l'arrivée d'un Londonien dans notre humble village. Nous avons prié pour ton arrivée, rêvé de ton arrivée, et avons failli perdre espoir. Mais te voilà ! Aussi sûr que la nuit succède au jour, te voilà, en chair et en os, devant nous tous !

« Pardonne-nous nos erreurs. Nous ne nous attendions tout simplement pas à ce que tu arrives *ici et maintenant*. Nous avions cessé d'y croire. Nous pensions que tout le monde était mort à Londres.

« Le fait que tu aies survécu dans cette Individutopie si longtemps, sans contact humain, sans te suicider, sans mourir de faim... Eh bien... waouh ! Waouh, quoi ! Et que tu te sois échappée ? Personne n'y était encore jamais arrivé. Renée : tu es un héros. Un véritable héros rugissant au sang chaud ! La seule et l'unique ! L'individu suprême !

« Tu nous a demandé pourquoi nous t'avions aidée. Eh bien, nous t'avons aidée car tu mérites d'être aidée ! Tu es spéciale. La seule personne qui ait échappé à l'Individutopie. La seule personne à être allée si loin. La femme qui a raflé tous les votes !

« Bien sûr, que tu mérites d'être aidée. Tu mérites d'avoir tout ce que tu veux ! »

Les villageois s'étaient tous relevés. Ils battaient des mains, tapaient du pied, dansaient, souriaient et l'acclamaient :

— Renée ! Renée ! Renée !

Portée par l'exubérance de la foule, Renée se joignit à elle. Elle dansa dans la mêlée et s'enthousiasma avec l'assemblée.

Même après qu'elle eut été emmenée à la maison, portée jusqu'à son lit et laissée seule pour la nuit, sa tête résonnait toujours du vacarme de tous ces sifflets. Son esprit était toujours empli de visions des évènements de la journée. Pour la première fois depuis qu'elle avait quitté Londres, Renée ne s'inquiétait plus de sa nourriture, de l'avenir, des chiens-loups ou du temps. Son pod, ses avatars et le travail ne lui manquaient pas. Elle ne prétendit pas que Moi-Vert était à ses côtés. Elle sourit, sombra dans un sommeil bienheureux et rêva cent rêves.

LA SEULE CONSTANTE EST LE CHANGEMENT

« Les gens ne changent pas. Ils ne font que révéler qui ils sont vraiment. »
ANONYME

Les sept personnes qui vivaient avec Simone étaient rassemblées autour de la table du petit déjeuner ; se servant du pain que Simone avait préparé, des œufs que Curie avait récoltés et du miel provenant de la ruche du village.

Renée posa une question qui la travaillait depuis son arrivée :

— Si vous ne travaillez pas, comment pouvez-vous acheter ce dont vous avez besoin pour survivre ?

Simone sourit. C'était un sourire dense, qui débuta dans les profondeurs de ses yeux, dégoulina le long de son nez et illumina son visage tout entier :

— Nous « n'achetons » pas, nous créons. D'un certain côté, nous avons beaucoup de chance. Nous avons de nombreuses maisons, donc nous n'avons pas besoin d'en construire. Nous réparons et réutilisons nos vêtements. Notre plus gros problème, c'est la nourriture. Mais nous sommes entourés de terres fertiles et Mère Nature nous traite bien. Certains d'entre nous aiment s'occuper des animaux. D'autres sont fiers de planter et de moissonner leurs récoltes. Pour eux, c'est un passe-temps, pas une corvée. Personne ne « travaille ». Pour nous, le « dur labeur » est une mentalité d'esclave. Nous *voulons* contribuer, prendre nos *Responsabilités Collectives*, mais c'est à nous de choisir ce que nous voulons faire. Nous ne passons que vingt heures par semaine à faire le genre de choses que tu pourrais appeler « travail », mais nous ne les considérons pas comme un fardeau.

— Mais... Une seconde... Que se passe-t-il si quelqu'un les considère comme un fardeau ? Et s'il ne veut pas contribuer ?

— Alors il n'y est pas obligé.

— Et alors quoi ?

— Si nos pratiques ne lui plaisent pas, il est libre de partir.
— C'est déjà arrivé ?
— Une fois. Un homme appelé Tyler est retourné à Londres, au début.
— Que s'est-il passé ?
— Il est rentré au bout de quatre jours, exténué, et est décédé quelques semaines plus tard.
— Ah.
Renée tambourina la table du bout des doigts :
— Alors, comment contribuez-vous ?
— Nous cherchons de la nourriture dans la nature. En fait, nous avons prévu d'aller nous promener ce matin. Tu es la bienvenue, si tu veux te joindre à nous.
Renée hocha la tête, s'interrompit, puis fronça les sourcils :
— Attendez... Si je comprends bien, au lieu de travailler, vous vous promenez ?
Simone éclata de rire :
— Oui ! Nous emportons nos sacs et nos lances, randonnons jusqu'à des caches secrètes, rassemblons de la nourriture, chassons peut-être un animal, et taillons la bavette en chemin.
— Oh.
— Je pense que nous allons commencer par notre pommier préféré. Tu aimes les pommes ?
— Oui. Bien entendu. Mais...
Renée éprouva soudain une pointe de culpabilité. La chaleur se répandit jusqu'à ses entrailles et le reste de son corps lui sembla fondre. Il lui fallut faire un effort colossal, et rassembler beaucoup de courage, pour avouer ce qu'elle avait fait :
— Ce poteau à pommes... ce *pommier*... est-il dans le champ près de la grande route ?
Tout le monde hocha la tête.
— Eh bien... Le truc, c'est que... Je pense avoir... Vous savez, ce sont juste des pommes, n'est-ce pas ? Enfin, peut-être pas. Je veux dire... Peut-être... peut-être que cet arbre n'a plus tellement de pommes, maintenant...

Simone sourit :

— Ce que tu veux dire, c'est... Oh ! je vois. Eh bien, ce n'est rien. Nous connaissons beaucoup d'autres pommiers. Ne t'inquiète pas pour ça !

***

Renée fut ravie de voir autant de femmes en déambulant dans South Mimms. Ici, une dame aux traits de faucon qui promenait cinq chiens. Ses vêtements étaient couverts de poils de chat et ses poches remplies de furets. Ici, une dame au cou rond qui portait un pichet de lait. Plus loin se trouvait un groupe de commères. À leur droite, plusieurs filles jouaient à la marelle dans la rue.

Renée assimila ces scènes.

Elle remarqua que leur rue était séparée du reste du village par un petit parc et un patchwork de jardins ouvriers. Une route courte les mena à un pub appelé *The White Hart*, un bâtiment de style imitation Tudor peint en blanc, aux colombages en bois noir. Derrière ce pub, un entassement de maisons vides aux toits inclinés et aux jardinets de traviole.

Renée erra d'un côté puis de l'autre, les yeux exorbités, admirant bouche bée tout ce qu'elle dépassait. Elle caressa briquetage et écorce, écouta le bruit du vent et inspira les arômes de l'herbe coupée et du feu de bois.

***

Quand Simone lui passa une sacoche au magasin du village, une pièce rattachée à la maison longue, Renée recula et leva les mains :

— Je ne peux pas... Je... je... je n'ai rien fait pour la mériter.

Simone leva les yeux au ciel et rit :

— Ah non, pas encore ! Tu recommences, Renée Ann.

— Oh, je sais. Désolée. C'est juste que... Tout est si nouveau pour moi. Enfin, je comprends la logique, mais en pratique... C'est que... J'ai l'impression de respirer de l'eau et de boire de l'air.

Simone sourit :

— Voyons-voir si tu peux la prendre sans faire d'histoires. Tu peux y arriver, ma chérie, tu peux !

Renée sourit, saisit la lance que lui tendait Simone, attrapa la main de Curie et la suivit dehors.

***

Elles sortirent et se heurtèrent à une foule.

— On dirait que tu es populaire, expliqua Simone. Tout le monde veut rencontrer le messie !

Renée rentra la tête dans son tee-shirt.

— Allons bon. Tu es un peu intimidée, c'est ça ? Ne t'inquiète pas, ma chérie, tout va bien. Tu n'es pas obligée de parler tant que tu ne seras pas prête.

Leur groupe passa devant un méli-mélo de maisons branlantes, d'espaces verts, de vaches et de moulins à vent. Une colonne de fumée solitaire s'éleva, tel un ivrogne, et se dissipa dans l'air immobile.

Quand ils quittèrent le village, ce méprisable cabot bondissait aux côtés de Renée ; indifférent à la boue gelée ; agitant son derrière et haletant d'une haleine infecte et humide.

D'une voix pompeuse, Renée annonça :

— Je suis prête à répondre à une question !

Personne ne pipa mot.

La plupart des villageois avaient des questions à poser, mais ils ne voulaient pas avoir la prétention de les poser en premier.

Dans de telles situations, ce sont souvent les plus jeunes, à qui manque la prudence assagie de la vieillesse, qui sont davantage prêts à faire un pas dans l'inconnu. Cette situation n'échappait pas à la règle.

Un enfant de onze ans brisa le silence :

— Comment as-tu fait ? Pour t'échapper, je veux dire. Comment as-tu fait pour t'échapper ?

Renée rit :

— J'ai marché.

— Personne ne t'a arrêtée ?

— Non. J'imagine que j'ai toujours eu la liberté de partir, mais que je choisissais de rester.

— Alors, pourquoi l'as-tu fait ? Pourquoi es-tu partie ?

— Je voulais rencontrer une autre personne.

— Ah. Et tu ne pouvais pas rencontrer une autre personne à Londres ?

— Je n'avais jamais vu d'autre personne à Londres.

— Il n'y a personne à Londres ?

— Les Londoniens portent des Plentilles, qui les empêchent de voir les autres.

— Qu'est-ce qui leur est arrivé ? À tes Plentilles, je veux dire ? Qu'est-ce qui est arrivé à tes Plentilles ?

— Je les ai enlevées.

Son entourage poussa des exclamations.

Kuti leva les mains :

— Incroyable ! Nous avions entendu parler de gens dont les Plentilles étaient tombées ou qui avaient oublié de les mettre, mais nous pensions qu'ils étaient devenus fous. Nous n'avions jamais entendu parler de quelqu'un qui avait retiré ses Plentilles volontairement. C'est... prodigieux ! Incroyable ! Unique !

Le groupe fit halte devant un mûrier.

Renée répondit à leurs questions l'une après l'autre ; décrivant ses Plentilles et expliquant ce qui s'était passé quand elle les avait retirées ; décrivant son écran, sa dette, son travail, ses avatars, ses Moi-Amis, son pod et ses classements ; la nourriture qu'elle mangeait, les accessoires qu'elle portait, et la ville de Londres elle-même. Elle raconta son eurêka, son évasion et son voyage jusqu'à South Mimms.

Quand elle eut terminé, les villageois avaient rempli plusieurs bacs de mûres et trois sacs de pommes, et cueilli des orties, des fleurs de sureau, du cresson, des champignons et de l'oseille. Ils étaient allés vérifier leurs pièges et étaient revenus avec sept lapins.

Sur le trajet du retour, Renée fut frappée par une autre pointe de culpabilité. Son estomac lui sembla lourd et ses membres légers.

Ces personnes m'ont tant donné, pensa-t-elle. Ils m'ont donné à manger, un abri et un bain ; ils m'ont écoutée, invitée à promener et enseigné quelle nourriture manger. Et que leur ai-je rendu en échange ? Rien ! Absolument rien ! Ce n'est pas bien. Ce n'est pas juste.

Elle chercha de l'inspiration dans la nature.

Elle vit un campagnol s'abreuver dans un ruisseau et voulut aller chercher de l'eau pour ses compagnons, mais elle n'avait ni gobelet ni bouteille. Elle écouta les chants d'oiseaux et voulut les imiter, mais elle craignait de chanter faux.

Au détour d'un virage, elle vit une vache lécher son veau pour le nettoyer. Aux yeux de Renée, c'était comme la plus belle chose du monde : naturelle, tendre et entière. Elle se tourna vers Simone, prit sa tête entre ses mains et fit courir sa langue sur le côté de son visage.

Simone recula instinctivement, arborant une expression qui mêlait chagrin et confusion. Mais l'homme-chien réagit tout aussi instinctivement et rapidement : se dressant sur ses pattes arrière, plaçant ses pattes sur les épaules de Renée et léchant sa joue avec un abandon joyeux.

Perdus dans l'instant, oubliant tout de leurs amis, ils se léchèrent l'un l'autre. Ils continuèrent à se lécher le visage, jusqu'à ce qu'ils remarquent que tout le monde les regardait.

Renée se dégagea immédiatement.

Le silence tomba du ciel.

L'homme-chien chassa son propre derrière et se roula en boule.

Simone sourit.

Ses camarades rirent un bon coup.

***

Renée tenta de leur expliquer :

— Je voulais contribuer. Je voulais faire partie du groupe.

Le regard attendri, Simone lui répondit :

— Tu n'as pas l'impression d'être à ta place parmi nous, c'est ça ? Mais tu es à ta place. Crois-moi : *tu l'es.*

— Je le suis ?

— Oui ! Regarde, tu as même arrêté de nous appeler « il et

elle ».

— Oh.

— Tu te débrouilles très bien.

Simone passa un bras autour des épaules de Renée et la guida jusqu'à la réserve :

— OK, ma chérie, donne-moi la lance.

Renée en fut incapable.

Elle n'avait jamais emprunté, partagé ou rendu quoi que ce soit qu'elle appréciait. Ce concept lui était totalement étranger. Elle fit la grimace. Elle savait qu'elle devait rendre l'arme, mais ses mains refusaient de bouger.

Elle tendit la lance, Simone la saisit, mais Renée recula.

Simone plongea ses yeux dans ceux de Renée, qui étaient rouges et troubles, recula et lâcha la lance.

— C'est bon, c'est bon, dit-elle. Si j'étais à ta place, je voudrais la garder, moi aussi.

Le ton doucereux de Simone aida à amadouer l'esprit de Renée. Ses muscles se détendirent, se tendirent, puis se relâchèrent. Son poing se desserra et elle lâcha la lance.

Simone rayonna :

— Bien joué ! Maintenant entre, ma chérie, entre.

Renée suivit Simone dans la maison longue, où elles placèrent leur butin sur des tables en bois.

Dès qu'elles eurent terminé, une vieille dame au dos voûté et qui sentait la ciboulette s'empara de leurs pommes, et les plaça dans son charriot.

Aussi furieuse que si elle avait été détroussée, Renée empoigna trois sacs de jute et les remplit de farine, de jambon fumé, de brocolis, de laitues et de tomates. Elle se servit une poignée de fromage blanc et la fourra dans sa bouche.

Personne ne pipa mot. C'était inutile. Ils avaient déjà formé un cercle autour de notre Renée. L'index tendu, ils clignaient des yeux à toute vitesse, agressivement.

Du lait caillé goutta des lèvres de Renée.

Déterminée à persévérer, elle attrapa des carottes, les fourra dans ses poches, et continua son tour de la table.

Les villageois se rapprochèrent.

Le cœur de Renée chavira. Elle sentit sa force imploser, aspirée vers ses entrailles. Ses membres lui parurent vaporeux. Ses cheveux lui semblèrent brûler.

Ne sachant pas trop ce qui se passait, mais certaine qu'elle voulait que cela cesse, Renée sortit les tomates de son sac et les reposa sur la table.

Les villageois reculèrent.

Renée replaça le reste des légumes.

Les villageois baissèrent les bras.

Renée sortit le porc et la farine.

Les villageois se dispersèrent.

Curie topa dans la main de Renée.

Simone sourit :

— C'était incroyable. *Tu* as été incroyable !

— Ah... ah bon... C'est vrai ?

— Oui !

— Je ne comprends pas. Je... Que s'est-il passé ?

— La culpabilisation ! L'autorité de l'opinion publique ! C'est ainsi que nous maintenons l'ordre. Si quelqu'un prend trop ou donne trop peu, nous le culpabilisons pour l'encourager à changer sa mentalité.

— Ah.

— Et c'est ce que tu as fait !

— Ah oui ?

— Oui, ma chérie, oui. Tu as compris que tu avais pris trop, et tu as corrigé ton erreur.

— Oh.

— Tu es l'une d'entre nous, à présent.

— C'est vrai ?

— Oui ! Nous sommes heureux de ta présence parmi nous.

— Mais... Mais... Je ne comprends pas vraiment ce que j'ai fait. Cette vieille femme a pris toutes mes... toutes *nos* pommes. Je n'ai fait que l'imiter. Pourquoi personne ne l'a culpabilisée ?

Simone éclata de rire :

— Oh ! La vieille Wollstonecraft est la maîtresse boulangère, la meilleure du village. Elle transformera ces pommes en délicieuses tartes, qu'elle ramènera ici demain. Crois-moi : tu n'as jamais rien goûté d'aussi savoureux qu'une tarte Wollstonecraft.

Renée réfléchit un moment, claqua des doigts, prit un sac et le remplit de farine et de fromage.

Simone se gratta le crâne :

— Que fais-tu ?

— Tu veux dire, que faisons-*nous* ? *Nous* allons préparer des sandwichs au fromage grillé pour tout le village. Si cette vieille femme peut le faire, nous aussi. Simone, nous allons être les meilleures !

***

Après avoir déjeuné et fait du pain pour les sandwichs au fromage grillé, Renée sortit se promener seule. Être en compagnie de tant de personnes si longtemps l'avait lassée. Elle avait besoin de solitude.

Elle observa la vie de village de loin, comme une touriste dans un musée vivant.

Ici, une jeune femme tannait du cuir avec un dévouement artistique. Là, deux hommes broyaient des céréales ; riant, blaguant et se lançant de la farine.

Renée reconnut un couple de la balade de ce matin-là. Ils étaient assis sous un chêne, occupés à tricoter des pulls, souriant en papotant. Il semblait à Renée qu'ils étaient bien plus productifs qu'elle ne l'avait jamais été, même s'ils ne semblaient pas chercher à l'être.

Mais c'était la vue de quatre jeunes mères qui inspira le plus Renée.

Elle avait beaucoup réfléchi au mot « Maman » depuis que Socrate lui avait expliqué ce qu'il signifiait. Aux yeux de Renée, il avait un attrait romanesque.

— Maman, murmura-t-elle doucement, faisant rouler le mot sur sa langue. Mère... Mah-man... Maman. Mère. Maman.

Les mères étaient assises sur une couverture. L'une d'entre elles faisait la toilette de sa fille ; retirant les poux de ses cheveux avant de les tresser. Une autre donnait le sein à son bébé.

Renée n'avait jamais rien vu de tel. Elle fit la grimace, se couvrit le visage, puis espionna la femme entre les interstices formés par ses doigts.

Les femmes rirent.

Renée rit elle aussi.

Elle se tourna vers les enfants.

Un petit garçon appela une petite fille, l'invitant à se joindre à leur jeu. Ils s'accordèrent sur une série de règles et commencèrent à jouer ; créant des chaînes de boutons d'or et de pâquerettes, se pourchassant les uns les autres, s'attrapant et passant ces chaînes autour de leurs cous.

Un bambin pointa du doigt les fleurs, qui étaient juste hors d'atteinte. Un garçon plus âgé les cueillit et les offrit à la petite.

En voyant cela, une des mères se leva, s'approcha et récompensa le garçon en lui donnant un biscuit. Il le rompit et le partagea avec ses amis.

Cela rappela à Renée l'étrange déclaration de Chomsky : « Le partage est l'ordre naturel des choses. »

Sauf qu'ici, celle-ci ne lui paraissait plus si étrange. Elle lui semblait plutôt naturelle. Si naturelle, en fait, que Renée en vint à remettre toute sa vision du monde en question.

Souhaitant étouffer de tels doutes le plus vite possible, elle s'approcha d'un groupe d'adultes qui jouaient au football. Inspirée par les enfants, elle leur demanda si elle pouvait jouer.

Bien qu'elle eût du mal à suivre, s'emmêlant les pieds et touchant à peine le ballon, elle parvint à s'approcher du but. Elle se surprit en décidant de passer le ballon au lieu de tirer. Elle fut encore plus surprise quand ses équipiers la félicitèrent, *elle*, et non le buteur.

Elle passa le restant de la soirée à parler avec les autres joueurs, à explorer la bibliothèque et à danser dans la maison longue.

Quand elle rentra à la maison, elle demanda à Curie et à Simone si elle pouvait dormir avec elles :

— J'ai passé toute ma vie à dormir seule. Ce soir, j'aimerais partager un lit.

Curie hocha la tête, avant de bâiller.

Renée bâilla elle aussi, avec empathie, regarda Simone dans les yeux, fit un pas en avant et enlaça son amie.

Toutes les terminaisons nerveuses de son corps pétillèrent de ravissement.

C'était la première étreinte de Renée, et celle-ci la fit planer. L'ocytocine et la dopamine se répandirent dans ses veines. Son niveau de cortisol baissa, dissipant son stress et ses tensions. La sérotonine chassa sa solitude. Les endorphines bloquèrent les récepteurs de douleur de ses pieds endoloris. Sa tension baissa, soulageant la pression sur son cœur.

Renée se sentit désirée, nécessaire, appréciée et aimée.

LA DERNIÈRE ENTAILLE EST LA PLUS PROFONDE

« Chaque nouveau départ vient d'une fin. »
SÉNÈQUE

Renée s'habituait à la vie en communauté.

Elle prenait ses colocataires dans ses bras, serrait la main des villageois et donnait de petites tapes dans le dos d'autres gens. Son amour pour Simone crut et s'étendit, jusqu'à ce qu'elle ressente un lien avec presque toutes les personnes qu'elle rencontrait.

Mais les effets n'étaient pas uniquement psychologiques. Sa santé et son dynamisme s'accrurent. Après deux semaines à South Mimms, elle eut ses règles pour la première fois.

Son vocabulaire évolua. Elle apprit les noms des animaux et des arbres, et se mit à utiliser des mots comme « nous », « toi », « nos » et « leurs ».

Elle continua d'aller se promener dans la nature pour récolter, chasser et pêcher. Elle appréciait ces tâches, pour l'essentiel, même si elle tomba en état de choc quand son groupe découvrit les restes à moitié dévorés de l'homme qu'elle avait rencontré dans le champ. Ses lèvres bleuirent et elle faillit s'évanouir. Mais ses amis vinrent à sa rescousse : ils l'allongèrent, levèrent ses pieds et lui murmurèrent des mots d'encouragement.

Voir que ce mâle alpha n'avait pas été capable de survivre seul aida Renée à focaliser ses pensées. Elle fit des efforts concertés pour aider à chaque tâche ; s'essayant à la traite des vaches, nourrissant les poulets, plantant des graines, transférant des plants, récoltant des tomates et réparant des canalisations.

Mais c'était l'attitude de Renée envers le jeu qui prouvait qu'elle avait vraiment évolué. Elle se défit de sa dépendance au travail et apprit à vivre dans l'instant présent : parlant, blaguant et riant avec les autres villageois, maquillant les autres filles, jouant au netball, à la thèque, aux dames et aux fléchettes.

Presque tous les soirs, elle jouait avec Curie à des jeux de société. Mais les jeux en eux-mêmes n'étaient jamais la chose la plus importante. C'était le temps passé à y jouer qui importait le plus ; le temps passé à parler, à nouer des liens et à découvrir les excentricités de chacun.

En termes d'âge, Curie était un peu comme sa fille. Renée éprouvait un devoir de diligence à l'égard de sa jeune colocataire ; elle lui ébouriffait les cheveux tous les matins et se précipitait pour l'aider dès qu'elle s'éraflait le genou. Voir ses taches de rousseur s'étirer et s'éclaircir quand Curie riait emplissait Renée d'un goût de revenez-y et d'un trop-plein d'affection. L'habitude qu'avait Curie d'essuyer son nez sur sa manche l'envahissait d'un sentiment inexplicable de tendresse.

En termes de maturité, cependant, Curie et Renée étaient plutôt comme des sœurs. Elles jasaient sur les garçons, les coiffures et les autres villageois. Quand l'une partait d'un gloussement, cela entraînait une réaction en chaîne : l'autre gloussait, puis la première gloussait de plus belle. Quand l'une d'elles éternuait, l'autre hoquetait, rotait ou applaudissait.

Renée n'était jamais loin de Simone. Elle imitait son usage de la langue : s'exprimant avec empathie et appelant les autres « mes chéris ».

Mais c'était sa relation avec l'homme-chien qui sortait vraiment de nulle part. Elle noua des liens avec ce cabot : l'emmenant promener, jouant à rapporter et caressant son ventre. Elle cessa de le voir comme un clébard, comme la vile canaille qu'il était. Elle parvint à voir au-delà de sa façade canine, à ignorer son torse chevelu, à oublier ses jambes arquées et à voir son humanité.

Pouah ! J'ignore comment elle faisait.

Elle remarqua que l'homme-chien avait des goûts individuels, comme tous les autres : il préférait le bœuf et le mouton à l'agneau et au poisson. Bien qu'il mangeât de la viande crue à même le sol, puisque c'était la seule nourriture qu'il recevait, il n'hésitait pas à goûter les sandwichs que Renée lui offrait. Il penchait la tête, fronçait les sourcils et, lentement, tendait la patte pour s'emparer du sandwich et le porter à sa gueule.

Il souriait, tout comme les autres auraient souri.

Bien qu'il ne parlât pas, Renée remarqua sa manière de bondir joyeusement dès qu'il la voyait. Elle remarqua qu'il levait la tête dès qu'il était excité, et qu'il frémissait quand il avait froid. C'étaient ses yeux qui révélaient ses émotions les plus humaines : tristesse et joie, espoir et crainte, surprise et dégoût.

Au bout d'une semaine, elle comprit enfin :

— C'est ça ! Nous ne sommes pas comme les natifs, toi et moi. Nous sommes des parias : les seuls qui aient fui Londres. Les seuls qui aient grandi ailleurs. Nous ne serons jamais comme les locaux, mon chéri, mais nous serons toujours l'un comme l'autre. Nous trouverons toujours du réconfort dans nos aventures partagées. Je le sais. J'en suis sûre. Nous sommes faits pour former une équipe.

L'homme-chien agita son derrière et hocha la tête. Je pouvais presque sentir la puanteur de sa fourrure ; l'odeur fétide de fumier et de jambon en décomposition. Elle me donnait envie de vomir.

Et j'ai bien peur de dire que cette déclaration ne fut pas unique. De tels commentaires devinrent la norme. Dès que Renée voyait cette bête abjecte, ses narines se dilataient et elle inspirait son odeur. Son cœur faisait un bond. Sa vision se brouillait, avant de retrouver sa netteté, puis se brouillait de nouveau. Elle soupirait, minaudait et souriait de toutes ses dents.

Pouah ! Enfin, beurk ! Je ne pouvais le comprendre.

Je décidai qu'il était temps d'agir...

***

Un corbeau atterrit sur le rebord de la fenêtre.

Renée dut cligner des yeux à plusieurs reprises avant de le reconnaître. Elle dut recommencer plusieurs fois avant de remarquer la note attachée à sa patte.

Elle ouvrit la fenêtre et détacha la note :

Tu es cordialement invitée à boire un thé avec Paul Podsicle le Deuxième à Knebworth House. Un drone viendra te chercher à midi.

Renée fit tut-tut. Elle venait tout juste d'arriver au village, s'était posée, et n'avait aucun désir de repartir. Elle but un peu de thé à la camomille, se brossa les cheveux et se coupa les ongles.

Puis elle se souvint du discours de Chomsky :

— Qu'est-ce qu'il a dit, encore ?... Hmmm... Ah oui : « Nous acceptions toujours ses invitations, par peur qu'elle ne nous renvoie à Londres si nous refusions ».

Soudain, Renée eut l'impression que son corps pesait des tonnes. Ses pieds s'étaient scellés au sol, elle était incapable de lever les cuisses, et était sûre que sa chaise céderait d'un moment à l'autre.

— Si je refuse d'y aller, Paul Podsicle pourrait expulser tout le village. Et puis ensuite ? Ces gens ne pourraient pas survivre à Londres. Ils ne sont pas équipés pour vivre une vie individualiste. Je serais... Oh... Oh... *Oh*.

Renée tint sa tête entre ses mains et pria pour que la table l'avale tout entière.

Simone, qui venait de voir la note, lui massa les épaules :

— C'est horrible, n'est-ce pas ? Mais tu n'es pas obligée d'y aller si tu ne le veux pas. C'est bon, ma chérie, ça ira.

Mais ça n'allait pas. Renée *devait* y aller, même si elle ne le voulait pas.

C'était le plus gros défi qu'elle ait jamais relevé. Oui, renoncer à ses gaz, retirer ses Plentilles et quitter Londres avait été difficile. Mais elle l'avait fait pour elle-même. Sa douleur avait été modérée par sa foi, par sa croyance qu'elle allait échapper à son existence troublée, trouver « Maman », obtenir la liberté et commencer une nouvelle vie. C'était *beaucoup d'effort pour beaucoup de réconfort*.

Ceci était différent. Dans ce cas-ci, c'était plutôt : *beaucoup d'effort, aucun réconfort*. Renée pouvait tout perdre : ses amis, son foyer et son bonheur. Mais elle n'avait rien à gagner elle-même.

— Nous comprendrons, continua Simone, bien que son regard la trahisse.

Ses paupières étaient rentrées dans son crâne et ses pupilles faisaient deux fois leur taille normale.

Renée secoua la tête :

— Je serais incapable de me le pardonner si je restais. Je... je... je dois y aller. Enfin, quel est le pire qui pourrait arriver ? Hein ? Vous y êtes allés avant moi. Je suis sûre que tout ira bien.

Curie courut vers Renée, sauta sur ses genoux, l'embrassa sur la joue et la serra aussi fort que possible.

***

Tout le village se rassembla pour dire au revoir à Renée.

Elle les regarda devenir des points, tandis que le drone s'élevait dans les airs et la propulsait à la vitesse de l'éclair.

Sous ses pieds, les champs embroussaillés, les jeunes forêts et les ruisseaux veinés se brouillèrent en un lacis de vert et de bleu. Renée tenta de mémoriser chaque route qu'elle survola, même si c'était plus facile à dire qu'à faire. Sa tête se mit à tourner.

Quand elle arriva, elle se sentit étourdie. Elle sortit du drone et tomba par terre.

Un robot la remit sur pied, l'épousseta et la mena à Knebworth House ; un manoir du quinzième siècle qui s'étendait à perte de vue, décoré d'un ramassis de tourelles et de coupoles, de merlons, de gargouilles et de drapeaux. Le bâtiment était écru, avec de hautes fenêtres, des portes en forme d'arches et le genre de solennité qui accompagne généralement l'âge vénérable.

Les portes s'ouvrirent et Renée fit un pas à l'intérieur.

L'impression de déjà vu la fit frissonner.

Elle avait le sentiment qu'elle avait déjà visité cet espace gigantesque, avec ses somptueux tapis rouges et ses lustres en cristal, mais était incapable de se rappeler quand. Elle reconnaissait ce sofa incrusté de rubis et ce piano doré, ces figures et œufs de Fabergé, mais était incapable de se rappeler pourquoi. Elle avait l'impression de revivre une expérience déjà vécue ; comme si elle était retournée à une autre époque, un autre monde, un autre corps et une autre vie.

À chaque extrémité de la pièce, de hauts miroirs reflétaient leurs propres cadres dorés. Entre eux, deux portes d'un noir brillant commencèrent à s'ouvrir.

Renée les franchit, pénétra dans la pièce suivante et aperçut un homme qui se prélassait sur son trône. Il était vêtu d'une robe de chambre en satin et de pantoufles serties d'émeraudes. Renée était sûre qu'elle l'avait déjà vu, mais était incapable de se rappeler où.

Cet homme était beau, oh si beau ! Jamais l'humanité n'avait vu plus beau spécimen. Il était enrobé de muscles de luxe : le torse plat, les épaules larges et les membres longs. Les angles plus durs de son corps avaient été poncés, lissés et adoucis. Sa peau brillait et rappelait la terre cuite, la soie et l'émail. Il était effroyablement propre, comme s'il était pouponné, dorloté, manucuré et massé d'heure en heure.

Il leva son verre.

Renée fit un pas en avant :

— Heu... Salut ?

Badabing ! Enfin l'entendre ! Enfin la voir en chair et en os ! Mon cœur sauta quelques battements.

Je la regardai dans les yeux et souris :

— Ma bien-aimée Renée ! Ne reste pas plantée là. Viens t'asseoir. Fais comme chez toi.

***

Bien-aimée, pensa Renée. *Bien-aime-ée*. Enfin, où ai-je déjà entendu ce mot ?

Elle était installée dans un fauteuil Victoria, tentant de trouver un sens à la situation. L'éclat de mes lustres se reflétait dans ses cheveux ; ceux-ci étincelaient comme s'ils avaient été sertis de lucioles et de guirlandes lumineuses. Il me fallut rassembler toutes les forces à ma disposition pour me retenir de tendre la main, de l'attraper et de planter mes lèvres sur les siennes.

— Je... Hum... Je vous connais ?

Cet air d'effort mental intense ! Cher ami, elle rayonnait de l'intérieur !

Je me pinçai la cuisse et tentai de garder mon sang-froid, bien que je ne puisse dire si j'y parvins :

— Je pense que mes avatars ont eu le plaisir de ta compagnie.

Renée ouvrit la bouche pour parler. Elle marqua une pause. Je tremblai.

— Allez, l'encourageai-je tout bas. Tu peux y arriver.

J'inspirai profondément et me calai dans ma chaise, laissant à Renée le soin de trouver les mots :

— Podsicle ?

Je hochai la tête.

— Oxford Circus ?

Je souris.

— L'interviewer...

Renée se tut et parcourut des yeux mes Van Gogh, mes Picasso et mes Rembrandt ; passant quelques instants de contemplation silencieuse, avant d'enfin se retourner.

Fichtre ! Mon cœur sauta un autre battement.

Renée se mordilla la lèvre inférieure :

— Ils disent que vous possédez un quart de la Grande-Bretagne.

— Un quart ! raillai-je. Non. Ho, ho, ho ! Comme les gens exagèrent. Non, ma chère, j'en possède à peine un cinquième.

— Ah.

— Je possède un quart de l'Afrique.

— Ah. Et c'est comment ?

— Je n'en suis pas sûr. Je n'y suis jamais allé.

Renée haussa les sourcils.

Je lui tendis une flûte de champagne :

— Raconte-moi ton histoire. J'ai tellement hâte de l'entendre.

Elle sourit ! Elle rayonna de l'intérieur ! Je voulus lancer mon poing en l'air et danser comme un barjo.

Je suis heureux de dire que je n'en fis rien.

Je me tins raide comme un piquet et écoutai Renée me parler de son moment de révélation, de comment elle avait parlé aux rats, écrasé sa barrette et retiré ses Plentilles.

Elle marqua une pause, leva les yeux et les plongea dans les profondeurs les plus profondes des miens.

J'ignore ce que je fis – je n'avais pas prononcé un mot –, mais quelque chose devait m'avoir trahi. En effet, Renée s'agrippa au

fauteuil, se redressa un tantinet et, avec une autorité éhontée :
— Vous le saviez déjà !!!
Pris de court, je fis de mon mieux pour garder contenance.
Je hochai la tête.
Elle continua :
— Mais... Comment ?
Je souris :
— Je m'occupe de toi depuis très longtemps, mon chou. Tu ne te souviens pas des boulots que mes avatars t'ont donné ? Je t'ai payé l'argent dont tu avais besoin pour survivre. Sans moi, ta dette aurait été ingérable, tu aurais perdu ton pod et tes médicaments auraient été débranchés.
— Mais c'est ce qui s'est passé !
— Seulement quand tu as été prête.
— Mais... Comment diable saviez-vous que j'étais prête ?
Elle m'avait pris la main dans le sac. Mon amour reflua pour le plus bref des instants, remplacé par une boule d'inquiétude dans l'estomac.
Cela ne dura pas. Avant de pouvoir retrouver mes repères, je me surpris à respecter son cran et à l'aimer encore davantage.
Je pensai que l'honnêteté serait sans doute la meilleure approche :
— Tu avais déjà prouvé que tu l'étais. Au nom du marché, oui !
Renée me fit signe de continuer.
— Je t'ai emmenée à Podsicle Palace pour te montrer la vraie richesse ; pour t'aider à comprendre le peu que tu possédais, alors que tu travaillais si dur. Et je t'ai envoyé une offre d'emploi pour te réveiller avant l'aube, quand ton air contenait peu de médicaments, pour que tu puisses évaluer la situation l'esprit clair. Je t'ai aidée à voir la futilité de ton existence.
— Mais... mais... mais comment saviez-vous que ça marcherait ?
— Je ne le savais pas ! Ho, ho, ho. Bien-aimée Renée : les soixante-quinze premières fois, ça n'a pas marché du tout. Je parie que tu ne t'en souviens même pas. Tu inspirais tellement de

médicaments qu'ils t'effaçaient la mémoire.

Renée secoua la tête :

— Attendez. Si ça n'a pas marché les soixante-quinze premières fois, pourquoi avez-vous persévéré ?

— Parce que tu persévérais ! Chaque fois que tu te réveillais aux aurores, tu voyais les mêmes images et tu avais les mêmes pensées. Tu te rendais compte que tu ne pourrais jamais rembourser ta dette, posséder un pod, prendre ta retraite, être heureuse et libre. N'importe qui d'autre se serait suicidé sur le champ. Mais pas toi ! Oh non. Tu es parvenue à cette horrible constatation pas moins de soixante-seize fois et, chaque fois, tu as persévéré. Pas une fois, pas deux fois, mais soixante-seize fois ! Bravo ! C'est pour cette raison, mon chou, que je savais que tu étais spéciale.

Renée secoua la tête :

— Non ! Non, non et non ! Cela ne peut être vrai. Si j'avais déjà vécu la même chose, Moi-Vert s'en serait souvenu et m'aurait aidée.

Je haussai les épaules :

— J'effaçais leur mémoire.

— Vous... effaciez... leur... mémoire ?

— Oui. Tes avatars travaillaient pour moi. Je les possédais, puisque tu n'avais pas remboursé ta dette.

Je souris :

— Bien-aimée Renée, je t'observe depuis des années ; je te surveille par les yeux de tes avatars. J'ai toujours été à tes côtés. Toujours ! Je te connais aussi bien que je me connais moi-même. Et je vais te dire ceci : je t'aime *encore plus* que je ne m'aime moi-même.

— Vous... vous... vous ne pouvez pas faire ça. C'est de l'espionnage ! Une invasion de ma vie privée !

Cette réflexion m'ébranla :

— Oh Renée ! Crois-moi, je t'en prie : jamais je n'ai voulu te faire de mal.

Renée grinça les dents :

— Mais... Bon... Alors, qu'est-ce qui a changé ?

— La soixante-seizième fois, tu as brisé ta bouilloire. Ses restes ont servi de déclic visuel, ce qui t'a aidée à te souvenir de ta révélation. Ensuite, ce n'était plus qu'une question de patience. Quand tu as bouché ton apport de médicaments, j'ai su que tu étais sur la bonne voie. Il ne me restait plus qu'à t'emmener à Mansion House pour te donner quelques indices supplémentaires. Puis j'ai débranché tes gaz. Je savais que tu survivrais. Tu étais prête.

« Après ça, ça a été facile. Tu as compris l'essentiel par toi-même, retiré tes Plentilles et quitté Podsville. Il m'a suffi d'envoyer mon corbeau, mon drone espion de confiance, pour te guider jusqu'à South Mimms. Et comme on dit, on connaît la suite. »

Renée sembla déroutée :

— Mais... mais... Il y avait sûrement un moyen plus simple.

J'éclatai de rire. Ce n'était pas digne de moi et je le regrette à présent, mais je m'esclaffai véritablement :

— Plus simple ? Bien entendu ! Mais si les choses avaient été simples, n'importe qui y serait arrivé. Et je ne voulais pas n'importe qui. Je voulais trouver quelqu'un de spécial. Je voulais te trouver *toi* !

Renée se cramponna à mes accoudoirs :

— Donc... Vous voulez dire... Il y en a eu d'autres ?

Je hochai la tête.

— Et ma mère ? Qu'est-il arrivé à ma mère ? Faisait-elle partie de ces autres ?

J'aspirai mes joues, baissai et hochai légèrement la tête.

— Vous... vous voulez dire... Quoi ? Elle... Non...

Je fis un signe de tête.

— Elle s'est suicidée ?

Je fis la grimace.

— Vous l'avez poussée au suicide ?

Renée s'était remise debout. Elle grinça des dents, serra les mâchoires et enfonça ses ongles dans ses bras. Son visage enfla dans toutes les directions. Ce n'était pas beau à voir. Et pourtant, je dois avouer que je l'aimais plus que jamais. Même dans cet état lamentable, je la trouvais attirante.

Comme l'amour est fou, mais fou !

— Mais... mais... Je ne voulais qu'une mère. C'était ça, le but !

Je me levai, avançai vers notre Renée, posai une main sur son épaule et m'adressai à elle d'un ton apaisant :

— Non. Bien-aimée Renée, c'est regrettable, vraiment horrible. Parfois, j'ai du mal à dormir. Mais tu ne cherchais pas ta mère. Ça n'a jamais été ça.

Prise de court par le culot de ma déclaration, Renée bafouilla :

— Je... ne... cherchais... pas... ma... mère ?

— Non. Tu ne cherchais pas *ta* mère. Tu voulais *devenir* mère. Tu veux avoir un bébé !

Renée renversa la tête en arrière. Son cou reprit lentement sa position normale. Ses paupières formèrent des fentes puis se rouvrirent, un millimètre à la fois, jusqu'à révéler des yeux exorbités :

— C'est ça ! Mais... Comment le saviez-vous ? C'est ça ! Je veux un bébé !

— Oui ! C'était ça, le but ! Bien-aimée Renée, l'humanité est tombée en disgrâce. Je devais trouver un être pur, un ange, avec qui je pouvais fonder une nouvelle race. J'ai cherché parmi les Plus, j'ai cherché parmi les Moins, puis je t'ai trouvée. Tu es la bonne ! L'amour de mes amours ! Tu es mon Ève et je suis ton Adam.

« Mon chou, j'ai passé ma vie entière à te chercher et, maintenant, je t'ai trouvée. Allez, youpi ! Renée, nous sommes nés pour être ensemble. Nous vivrons pour toujours, nous nous aimerons pour toujours, et nous créerons les héritiers les plus parfaits. La race humaine redeviendra enfin pure ! »

Je tombai à genoux, sortis une bague en diamants de ma poche et la tendis à mon amour :

— Renée Ann Blanca, sois ma femme !

Renée sourit. Elle rayonnait de l'intérieur !

Elle tendit la main.

Mon rêve devenait réalité ! Nous allions nous unir !

Clac ! Tout s'écroula en un battement de cœur, et notre Renée devint glaciale.

Je tremblai.

Renée recula :

— Attendez... Vous... vous... vous avez poussé ma mère au suicide ?

Je hochai la tête :

— Je suis tellement désolé, mon chou, mais tout ça, c'est le passé. Ça n'a plus aucune importance, à présent.

— C'est important pour moi !

— Je sais.

— Combien d'autres avez-vous tué ?

— Tué ? Ma foi, Renée, je n'ai tué personne. Pas une seule âme.

— Des mots ! Que des mots ! Dites-moi. Dites-le-moi maintenant ! Combien de gens avez-vous poussés au suicide ?

— La plupart d'entre eux, j'imagine. Ho, ho, ho. Certains se sont suicidés immédiatement. D'autres au bout de quelques minutes. Tous se sont suicidés selon leur propre manière individuelle. Quelques-uns se sont échappés. Mais ces autres sont soit morts dans la nature, soit retournés à Podsville. Tu es la seule qui soit arrivée jusqu'à South Mimms.

Renée s'écria :

— La seule ? Tous les autres... sont morts ? Des dizaines de millions ? Quatre-vingts millions ? Vous avez tué... quatre-vingts... millions... de personnes ? Vous êtes un monstre ! Vous êtes... Aaargh !!

Elle lança son champagne sur un de mes Rembrandt, mais n'attendit pas l'impact. Elle tourna les talons, renversa le fauteuil Victoria et partit en trombe.

Mon cœur palpita.

Je la pourchassai, lui hurlant mon amour comme un tourtereau transi :

— Bien-aimée Renée ! Tu ne peux pas partir. Tu me dois cent quatorze mille livres. Tu te *dois* de rembourser ta dette. C'est une question d'honneur. Renée ! Renée ! L'on doit toujours rembourser sa dette !

Elle m'échappait et je fatiguais, mais je persévérai :

— Renée ! Bien-aimée Renée ! Pense à la vie que nous pourrions mener. Pense à nos magnifiques enfants.

Nous longeâmes mes étangs remplis de carpes koïs, mes fontaines et mes pelouses :

— Renée ! Bien-aimée Renée ! Tu rêvais de posséder un pod et de prendre ta retraite. Tu peux le faire ! Je peux transformer tes rêves en réalité !

Nous sortîmes de mon domaine :

— Renée ! Bien-aimée Renée ! Nous pourrions aller où tu veux. Nous pourrions avoir tout ce que tu veux. Nous pourrions faire tout ce que tu veux, ensemble. Renée ! Bien-aimée Renée…

Rien n'y fit.

Ma chérie avait disparu.

Le ciel s'était obscurci.

Le vent sifflait avec dérision :

— J'en aime un autre… Un autre… Un autre…

ÉCOUTEZ-MOI JUSQU'AU BOUT

> « Les plus grandes déceptions dont souffrent les hommes, ce sont leurs propres opinions. »
> **LÉONARD DE VINCI**

Il me plairait de penser que j'ai gagné votre sympathie. Vous avez vu les efforts extraordinaires que j'ai dû déployer pour trouver l'amour, et vous avez été témoin de la façon cruelle dont j'ai été rejeté. Jamais, dans toute l'histoire de l'humanité, quiconque n'a donné autant pour recevoir si peu.

Il me plairait de penser que vous êtes de mon côté, que vous compatissez à ma peine de cœur, tandis que je verse ces larmes d'amour :

— Ma Renée ! Bien-aimée Renée ! Pourquoi m'as-tu abandonné ?

Hélas, je ne peux en être sûr. Votre génération est un peu différente de la mienne. J'ai bien peur que vous ne m'ayez jugé trop sévèrement.

C'est parce que j'ai poussé quatre-vingts millions de personnes au suicide, c'est ça ? Vous me jugez pour ça ?

Eh bien, CESSEZ IMMÉDIATEMENT ! Ce n'est pas digne de vous.

Je n'ai tué personne. PAS UNE SEULE ÂME ! Pouvez-vous faire entrer ça dans votre petite tête ?

Tout le monde est libre. C'est ça, l'individualisme : tout le monde est libre d'être qui il veut. Exit les régimes autoritaires ; bye-bye *Big Brother* et l'*Administrateur mondial*. Tout le monde est libre ! Chacun se définit lui-même, au travers du marché ; travaillant aussi dur qu'il le veut, faisant le travail qu'il a choisi, et consommant les produits qui le rendent véritablement unique. Ni roi ni premier ministre pour entraver leur chemin. Ils sont leurs propres rois, leurs propres premiers ministres. Ils contrôlent le fil narratif. ILS CHOISISSENT !

Je n'ai tué personne. Pas une seule âme. Comment aurais-je pu ? Ces personnes étaient libres d'agir comme elles l'entendaient. Et si elles avaient choisi de se suicider ? C'était *leur* décision, pas la mienne.

Mais je vais vous dire ceci : leur décision était un vrai régal. L'acte de liberté suprême. En plus d'assumer la responsabilité personnelle de leur vie, ils ont assumé la responsabilité personnelle de leur mort. Thatcher aurait été si fière. Ces gens sont *montés sur leurs vélos.*

Quoi ? Vous ne me croyez pas ? Vous m'en voulez toujours de les avoir poussés au suicide ? Vraiment ? Aargh ! Votre génération est si perverse.

Oh oui, je parie que vous vous trouvez parfaits, assis là à lire ces mémoires. Mais pourquoi ? Parce que vous n'avez jamais poussé personne au suicide ? Eh bien, la belle affaire !

Écoutez, je n'ai fait que suivre les règles du jeu. C'est *votre* génération qui les a écrites. Vous avez privatisé l'industrie, anéanti les syndicats, détruit la société et forcé chacun à rivaliser. VOUS avez créé Individutopie. VOUS avez poussé quatre-vingts millions de personnes à leur mort.

Les actes ont des conséquences. Quand un pompier entre dans une fournaise, il sait qu'il pourrait brûler. Quand une antilope broute dans un pré, elle sait qu'elle pourrait finir dévorée.

Quand votre génération a demandé aux gens d'assumer la responsabilité personnelle de leur vie, vous leur disiez en fait d'assumer la responsabilité personnelle de leur mort. Vous placiez le couteau entre leurs mains et leur disiez comment l'utiliser.

Ne m'en voulez pas à moi ! Qui étais-je pour rager contre le monde dans lequel j'étais né ? Nous, les oligarques, sommes tenus de respecter les lois de l'individualisme, tout comme tous les autres ; nous nous voyons forcés d'agir dans nos propres intérêts, comme les vrais individus que nous sommes.

Tout ce que je voulais, c'était trouver l'amour. Pouvez-vous vraiment m'en vouloir pour ça ? Quel genre de monstre êtes-vous ?

Je vous le répéterai une dernière fois : je voulais simplement aimer et être aimé.

Est-ce si mal que ça ? N'est-ce pas ce que *vous* voulez ? N'est-ce pas ce que nous voulons *tous* ?

Aaargh !!!

Regardez ce qui m'est arrivé. Regardez !

J'ai passé ma vie entière à exécuter des algorithmes, à former des avatars, à tester des dizaines de millions de gens. J'ai passé toute la journée, tous les jours, à chercher mon grand amour.

J'ai connu l'échec heure après heure. C'était l'agonie personnifiée. Mais la victoire fut bien pire.

J'ai trouvé mon grand amour : notre Renée. Elle est venue à moi, s'est assise dans ce fauteuil, a bu ce champagne et a respiré cet air. Nous aurions été heureux, oh si heureux.

Et puis ensuite ? Ensuite, elle m'a quitté ! Tout s'est effondré avant même de commencer.

Renée m'a jugé pour mes actes sans prendre en compte mes intentions. Elle a pris mon amour et l'a remplacé par de la haine.

Pensez à moi ! Pensez-y !

Vous devriez verser mes larmes, ressentir ma douleur. Vous devriez avoir le cœur brisé, vous serrer les côtes en roulant sur le plancher de votre chambre.

Bien-aimée Renée, ma Renée, mon amour !

Reviens. Écoute-moi jusqu'au bout. Tu me comprendrais si tu me donnais une chance. Tu serais heureuse. Nous serions heureux ensemble.

Renée, oh Renée, mon amour.

ÉPILOGUE

« Quoi ? C'est pas encore fini ? »
JOSS SHELDON

Cher journal,

Non. Ça n'ira pas.

Cinq ans se sont écoulés depuis que Renée s'est assise dans ce fauteuil. Cinq ans chargés de douleur, de chagrin et de remords. Cinq ans durant lesquels j'ai fait mon possible pour faire mon deuil.

J'espérais avoir d'autres chapitres à écrire ; que Renée aurait changé d'avis et serait revenue dans mes bras aimants.

Hélas, les choses n'ont pour ainsi dire pas été aussi bonnes.

Je me suis forcé à revisionner mes enregistrements de Renée, pour l'observer sous un nouveau jour. Vous parler et regarder ces vidéos m'a vraiment aidé à guérir. Croyez-le ou non, vous êtes ma seule compagnie humaine.

Merci ! Votre présence a été une importante source de réconfort.

Grâce à votre aide, je me sens prêt à terminer ce récit ; à accepter que ce n'est pas mon histoire, que ça n'a jamais été mon histoire, mais toujours celle de Renée.

Inspire. Expire. Inspire.

Voyons ce que nous pouvons faire...

***

Mon corbeau, mon drone espion de confiance, suivit Renée depuis Knebworth House jusqu'à South Mimms. Elle avait bien fait de graver le trajet dans sa mémoire, et elle rentra sans traîner.

Je voulus la pourchasser. Je voulus détruire tout son village.

Mais j'en fus incapable. Je ne pouvais faire de mal à quelqu'un qui rendait votre Renée heureuse.

Bon Dieu, comme je voulais les tuer !

Je ne pus m'y résoudre. Je me sentais forcé de respecter le choix de Renée.

Elle arriva à South Mimms, ignora tous ceux qu'elle croisa et courut droit dans les pattes de cet horrible, horrible cabot. Vous arrivez à y croire, vous ? Pouah ! La simple pensée de cette bête à poil suffit à me faire trembler. J'avais tout, il n'avait rien et, pourtant, Renée l'avait choisi plutôt que moi ! Comprenez-vous à présent pourquoi je le hais tant ?

Aaargh !

Renée couina dès qu'elle aperçut ce chien pitoyable :

— Tout est plus rose quand je suis avec toi. Nous sommes les deux seuls représentants de notre race : abandonnés puis trouvés. Je t'aime, Darwin. Nous sommes faits l'un pour l'autre.

Ils s'enlacèrent et luttèrent et se léchèrent l'un l'autre. Puis ce qui devait arriver arriva. Cher ami, si vous avez l'âme sensible, je vous suggère de vous détourner.

Renée arracha ses vêtements, révélant son corps splendide ; musclé par des années de dur labeur, mais vierge de tout homme. Elle se mit à quatre pattes, leva le derrière et sourit de béatitude.

L'horrible clébard bondit sur ses pattes arrière, posa ses pattes avant sur son dos et s'enfouit d'un coup de reins dans son corps.

Mon corbeau s'envola.

Je ne pus en supporter davantage.

***

Une étude étalée sur une décennie, conduite dans les années 1980, a découvert que les hommes qui embrassaient leurs femmes le matin vivaient cinq ans de plus que les hommes qui ne les embrassaient pas. En outre, ils gagnaient vingt pourcents de plus et avaient trente-trois pourcents de chances en moins de mourir dans un accident de voiture. Tout se résumait à leur état mental : le baiser du matin les mettait dans un état d'esprit positif, qui les aidait à réussir.

Renée embrassait l'homme-chien dès qu'ils se réveillaient. Ils ne cessaient de s'embrasser. Cela la rendait si heureuse, si positive, si effervescente... Je vous le dis : elle rayonnait.

Cela me retournait l'estomac.

Mais il y avait néanmoins un côté positif. Chaque fois que je les regardais s'embrasser, je m'étranglais, m'étouffais et avais des haut-le-cœur. Si je voulais effacer ce souvenir sordide de mon esprit, je devais cesser mon espionnage.

Plus ils s'embrassaient, moins je passais de temps à observer notre Renée. Je me sevrai de mon écran.

Une part de moi pensait que Renée le faisait exprès – qu'elle m'envoyait un message dès qu'elle apercevait mon corbeau :

— J'en aime un autre... Un autre... Un autre...

Que ce fût intentionnel ou non, une chose était certaine : cela fonctionna. Cela m'aida à vaincre ma dépendance.

J'ai trouvé des exutoires alternatifs à mon énergie refoulée ; comblant le temps que j'avais passé à espionner en randonnant ou en pêchant. J'ai adopté un chat, Cherry, qui m'apporte la compagnie dont j'ai désespérément besoin. J'ai même pensé à visiter South Mimms, même si je n'ai pas encore trouvé le courage.

Ces jours-ci, je peux passer des semaines entières sans surveiller Renée. Je pense toujours à elle chaque jour, mais les souvenirs ne me rongent plus. Les blessures sont presque guéries.

***

Je vous quitterai sur le peu d'informations dont je dispose. J'aurais aimé pouvoir vous en dire plus. Mais comment le pourrais-je, maintenant que j'espionne à peine Renée ? J'ai bien peur de dire que voici tout ce que je sais...

Renée est heureuse. J'espère que vous serez ravi de l'apprendre.

Dès qu'un mariage a lieu, elle sourit tellement que ça fait mal. Elle danse dès qu'elle entend de la musique et participe à tous les évènements de la communauté ; célébrant les solstices, priant pour l'arrivée de la pluie, et organisant les festivités de la moisson.

Elle s'est intégrée à la vie du village, qui suit toujours la même routine. Bien entendu, il y a eu des accrochages : Kropotkin accusa faussement Kuti d'empoisonner ses moutons. Un homme marié commit un adultère. Une jeune fille vola une lance. Mais de telles disputes étaient vite résolues dans la maison longue : Kropotkin se flagella lui-même, la femme de l'homme adultère obtint le divorce, et la fille fabriqua trois nouvelles lances. Les choses redevinrent normales.

Cependant, si une chose changea, c'était bien l'attitude des villageois envers l'homme-chien. Ils avaient rapidement jugé Renée quand elle s'était accouplée à cette chose – l'accusant de « bestialité » et « d'outrage à la pudeur ». Quelques villageois avaient soumis une motion pour qu'ils fussent expulsés. Mais cette motion fut rejetée quand Curie prit la défense de l'homme-chien, attirant l'attention sur le fait qu'il aidait à trouver des champignons et des truffes, qu'il protégeait le village et qu'il devenait chaque jour plus humain.

Renée enseigna à l'homme-chien comment manger de la nourriture dans une assiette, à une table construite spécialement pour lui. Bien qu'il marchât toujours à quatre pattes, il commença à se doucher volontairement et à se brosser les cheveux. Il ne pouvait former des phrases, mais Renée lui enseigna quelques mots : « Simone », « Lit » et « Pomme ». Il apprit le langage des signes. Il votait durant les débats du village, épluchait des légumes et s'occupait du feu à la maison.

Il devint papa !

Renée donna naissance à des jumeaux : un garçon et une fille. Elle les appela ses « chiots », les allaita couchée sur le flanc et leur apprit à aboyer et à parler.

J'avais eu raison à ce sujet : Renée *voulait* devenir maman. Elle voulait s'occuper de tous les enfants du village. Elle voulait les surveiller, les emmener promener et jouer avec eux dès qu'elle le pouvait.

Elle devint enseignante à l'école du village – une collection de quatre classes qui sentaient la cire de plancher et la colle à bois. Après une année en tant qu'assistante, elle reçut sa propre classe. Au bout de trois ans, elle avait créé son propre cours.

Oui, vous avez bien lu. Renée écrivit un manuel : « Individutopie : Un avertissement de l'histoire. »

Elle donnait des conférences dans la maison longue, mettant en garde contre les périls de l'individualisme, de la responsabilité individuelle et du dur labeur. Elle choqua à la fois les enfants et les adultes avec ses récits sur le travail au nom du travail, chasser des rêves improbables et ignorer les autres.

Elle avait enfin trouvé sa place.

***

J'ai espionné Renée pour la dernière fois il y a deux mois. Je ne compte pas recommencer. Aussi j'imagine que je puis au moins vous laisser avec un bref compte-rendu de ce qui s'est passé en ce jour d'automne ensoleillé...

***

Curie était devenue une adolescente curieuse, à l'acné terrible et aux cheveux tombant jusqu'à la taille. Elle avait formé son propre groupe de marcheurs, qui récoltait souvent plus d'herbes et de baies que celui de Simone. Et elle était devenue un genre d'érudite. Elle avait écouté toutes les conférences de Renée, lu son livre sept fois et en connaissait plus sur l'individualisme que tout autre à South Mimms.

Il n'était pas surprenant, dès lors, que ce fût Curie qui posât un jour la question :

— Renée, nous emmèneras-tu à Londres ?

Les langues se mirent à jaser. Pourtant, malgré le courant de désapprobation qui grondait, Curie parvint à recruter huit explorateurs intrépides. Ils se retrouvèrent à la station-service à l'aube, vêtus des bottes les plus solides du village, et portant des sacs à dos remplis de vêtements, de couvertures, de nourriture, de torches et de masques à gaz artisanaux.

Renée les guida, s'engageant sur la grand-route qu'elle avait empruntée toutes ces années plus tôt.

Dès qu'ils quittèrent l'autoroute, elle dut enlacer une jeune pélerine et lui assurer que tout irait bien. Quand ils atteignirent Barnet, elle dut s'adresser à tout le groupe :

— Personne n'a dit que ce serait facile. Mais vous pouvez être des héros : les premiers socialistes à Individutopie. Vous serez des légendes à South Mimms. Tout le monde parlera de vous au village ! Et je vous dis ceci : tout ira bien. Si j'ai pu m'échapper toute seule, nous serons en sécurité ensemble. Vous n'avez rien à perdre, si ce n'est votre peur.

Il y eut un bref moment de silence. Puis Curie entonna *Redemption Song*, les autres se joignirent à elle et ils poursuivirent leur marche ; chantant chanson après chanson tout en traversant Whetstone Stray, le Highgate Golf Club et Hampstead Heath.

Renée parla d'un ton nostalgique :

— C'est ici que j'ai passé ma première nuit de liberté.

Tous l'acclamèrent :

— Trois hourrah pour Renée ! Hip-hip-hip, hourrah !

Renée rougit.

Elle s'assit au bord de l'étang, ouvrit son sac et distribua des sandwichs à son équipe.

Soudain, elle fut submergée par le doute :

Et si je ne peux plus repartir ? Et si je ne veux plus repartir ? Et si on m'oblige à rembourser ma dette ?

Ces pensées se volatilisèrent bien vite.

Elle sourit.

Elle avait vu Curie, avec de la mayonnaise sur le visage, et l'homme-chien, qui nageait dans l'étang. Elle sortit ses cartes et commença à jouer.

***

L'après-midi était déjà bien avancé quand ils arrivèrent à Tottenham Court Road.

Il n'y avait pas âme qui vive. Seul le vent brisait le silence : s'engouffrant entre les immeubles vides, frappant leurs carreaux et ébranlant leurs portes. Les rats étaient étrangement taiseux.

Le smog était épais, âcre et amer.

Renée sortit son masque à gaz et remarqua que ses compagnons portaient déjà les leurs. Ils les avaient fabriqués à partir de bouteilles en plastique usées et de laine que Kropotkin avait tondue cet été-là. Les masques avaient l'air un tant soit peu ridicules, mais ils fonctionnaient comme sur des roulettes.

— Voici la Zone Industrielle West End, expliqua Renée. Et voici Oxford Street. Avant, cette route était bordée de « magasins » : des endroits où les gens pouvaient acheter des vêtements, des jouets et des accessoires.

Elle put entendre ses compagnons murmurer : « acheter », « magasins », « accessoires ».

— Voici la Tour Visa et ici, la Colonne Samsung. Plus loin, vous pouvez presque distinguer Oxford Circus. C'est là que j'ai rencontré l'Interviewer de Podsicle. C'est l'Interviewer de Podsicle qui m'a envoyée à Podsicle Palace, où j'ai commencé à me délivrer.

Curie sauta sur place :

— Renée ! S'il te plaît, Renée ! Peux-tu nous emmener à Podsicle Palace ? S'il te plaît, Renée, s'il te plaît !

Renée rit :

— OK, ma chérie, suis-moi.

Ils empruntèrent Saint George Street, Bruton Lane et Berkeley Street ; faisant de leur mieux pour ne pas inspirer trop profondément et pour ne pas buter sur les déchets.

Les amis de Renée ignoraient comme réagir face aux hautes tours de verre qui s'élevaient de part et d'autre ; volant le ciel et le colorant en vert. Ils éprouvaient le besoin pressant de courir s'abriter à l'intérieur, et le besoin encore plus pressant de garder leurs distances. À leurs yeux, ce monde était si neuf, si vaniteux, qu'il les faisait frissonner.

Renée pouvait sentir leur malaise :

— C'est bon, dit-elle. Nous pouvons les regarder de loin.

Son équipe poussa un soupir à l'unisson.

Ils ne furent pas aussi impressionnés par Podsicle Palace. Le fait que le bâtiment soit en pierre, un substrat naturel, sembla apaiser leurs esprits. Quand Renée pénétra à l'intérieur, ses coéquipiers la suivirent sans hésiter.

Ils passèrent des heures dans ce palace, prétendant être des rois, des reines, des princes, des bouffons, des courtisans, des serviteurs et des esclaves. Ils coururent partout en levant des portraits devant leurs visages. Ils s'assirent sur le trône royal, portèrent les joyaux de la couronne, jouèrent du piano et emportèrent deux souvenirs : un dragon et une figure chinoise à tête mobile.

Quand ils ressortirent, le ciel était d'un noir d'encre. Ils allumèrent leurs torches et se rendirent en ville.

— Je vous ai promis une nuit à Podsville et je tiens toujours mes promesses, annonça Renée.

Curie battit des mains :

— Renée, pourrons-nous vraiment dormir dans nos propres pods ?

— Oh oui.

— Et si nous avons peur, pourrons-nous venir dormir avec toi ?

— Bien sûr, ma chérie, bien sûr !

***

Ils venaient de dépasser le Monument à la Main Invisible quand ils croisèrent le mendiant. Son pantalon avait terni. Il serait faux de dire qu'il était brun, tout comme il serait faux de dire qu'il était blanc. Il était incolore. *L'homme* était incolore. Lui et ses vêtements s'étaient fondus dans l'arrière-plan.

Les compagnons de Renée le dépassèrent sans le voir, mais Renée marqua un temps d'arrêt. Elle avait vu sa silhouette reflétée dans les chaussures du mendiant et avait reconnu sa tresse. Même si son visage était ridé comme un raisin sec, même si ses traits avaient été aspirés vers son nez, même s'il avait l'air plus vieux et plus frêle que jamais, il lui faisait penser à elle-même et à la vie qu'elle menait autrefois.

Elle vit la tache de vin en forme d'étoile sur sa lèvre inférieure.

Oh oui, pensa-t-elle. Oh non.

Elle n'avait pas pensé à cet homme depuis des années. Peut-être son esprit l'avait-il refoulé. Mais elle était là, devant lui, incapable de nier son existence, certaine qu'il était vivant et qu'il avait besoin de son aide :

— Mais... Mais, comment ?... Comment as-tu survécu ici tout seul ?

Les paupières de l'homme étaient collées par des résidus et de la poussière. Ses lèvres étaient engluées par de la salive séchée. Renée n'eut d'autre choix que d'attendre patiemment, pendant qu'il s'efforçait de les entrouvrir.

Au bout de quelques minutes, un petit trou apparut au coin

de sa bouche. Le trou s'élargit, décollant ses lèvres un atome à la fois.

L'homme murmura si bas et bégaya si fort que Renée dut approcher son oreille de sa bouche pour l'entendre :

— Rah... Rah... Ah... Est-ce bien toi ?... Ah... Il est si agréable d'entendre une autre voix.

Renée répéta sa question :

— Mon chéri, comment as-tu pu survivre ici tout seul ?

L'homme se lécha les lèvres :

— Je... Ah... Je n'ai jamais fait partie du système... Ah... Je n'ai jamais eu d'avatars... Je fais les poubelles... Je mange des rats quand j'ai de la chance.

Le cœur de Renée chuta.

Pourquoi ne l'ai-je pas sauvé ? se demanda-t-elle. Pourquoi ne suis-je pas revenue l'aider ?

L'homme s'efforçait de parler :

— Rah... Rah... Renée ? Ah... C'est bien toi ?

Renée chancela :

— Comment... comment connais-tu mon nom ?

L'homme essaya de sourire. Ses joues remontèrent légèrement, avant de retomber.

— Tu es... ma... Renée ? Ah... Mon ange !

Renée fronça les sourcils.

L'homme parvint enfin à sourire.

— Ma Renée ?... Ah... Ma princesse ?... Ma fille !

Il luttait pour ouvrir les yeux :

— Jamais je n'ai voulu te laisser... Ah... Jamais... Mais que pouvais-je faire ?... Ta mère t'a abandonnée... Ah... Ma petite fille... Quand je t'ai retrouvée, tu ne pouvais ni m'entendre ni me voir... Ah... Mais je n'ai jamais abandonné... Je me suis promis de t'appeler tous les jours... Ah... J'ai juré de rester ici jusqu'à la fin des temps... Ah... Ma princesse... Ma Renée... Ma fille !

Les larmes dévalèrent les joues de Renée :

— Pa... papa ? C'est bien toi ?

L'homme força ses yeux à s'ouvrir :

— Renée !
— Papa !
— Renée !
— Papa !

Renée sourit avec une puissance herculéenne, avant de tendre à son père un roulé à la cannelle :

— Papa, nous allons te ramener à la maison, d'accord ? Nous avons un charmant village avec beaucoup de nourriture et d'amis. Mon chéri, nous t'aiderons à retrouver la santé.

Son père ferma les yeux.

— Papa ?

Sa tête tomba en avant.

— Papa ?

Son torse se relâcha et s'effondra.

— Papa ! Papa ! Tu ne peux pas me laisser maintenant ! Pas après toutes ces années ! Pas après qu'il m'a fallu si longtemps pour te trouver !

Renée secoua son père doucement, tentant de rouvrir ses yeux. Elle ne cessait de crier « Papa ! Papa ! ». Elle le massa, le frotta et le pinça :

— Oh Renée ! Pourquoi l'ai-je abandonné pendant si longtemps ?

Elle chercha un pouls, un souffle, un signe de vie.

Elle continua à chercher, plus par espoir qu'autre chose.

Elle se souvint de l'homme qui se masturbait et de comment elle s'était moquée de lui jour après jour. Elle se souvint du mendiant, qu'elle avait abandonné sans prononcer un mot.

Elle se roula en boule, s'arracha les cheveux, versa toutes les larmes de son corps, attendit des minutes, attendit des heures.

Curie l'éloigna.

— Il s'est éteint, dit-elle dans un murmure sombre. Ça va aller, ça va aller. Allons nous coucher. Nous l'enterrerons demain. Ma sœur, il n'y a rien que tu puisses faire.

Renée chassa une larme sur sa joue :

— Adieu, mon cher père. Je suis désolée de ne pas être arrivée plus tôt. Mais si tu peux m'entendre, où que tu sois, je veux que tu saches que je t'aime. Je t'ai toujours aimé. Tu seras toujours mon père.

Elle se leva, tremblante, très consciente du grincement de ses rotules.

Un rat détala.

Le vent siffla.

Un murmure caressa l'oreille de Renée :

— Rah... Rah... Renée... Ah... Ma fille... Ne t'inquiète pas, je vais bien... Ah... Viens, ma fille, ramène-moi à la maison...

ÉGALEMENT PAR JOSS SHELDON...

ARGENT POUVOIR AMOUR

« Époustouflant »
The Huffington Post
« Picaresque »
Scottish Left Review
« Impossible à lâcher »
The Avenger
« Étrangement chaleureux »
The Tribune

TOUTES LES GUERRES SONT DES GUERRES DE BANQUIERS.

Nés sur trois lits adjacents, à trois secondes d'écart à peine, nos trois héros sont unis par l'inné mais divisés par l'acquis. Résultat de leurs éducations différentes, ils passent leurs vies à pourchasser trois choses très différentes : l'argent, le pouvoir et l'amour.

Ceci est un récit humain : l'histoire de personnes comme vous et moi, ballotés par les caprices du destin, qui se retrouvent à faire les actes les plus beaux comme les plus vulgaires.

Ceci est un récit historique : une histoire ayant lieu au début du 19ème siècle, qui nous éclaire sur comment les banquiers, qui avaient le pouvoir de créer de l'argent à partir de rien, ont pu façonner le monde dans lequel nous vivons aujourd'hui.

Et ceci est une histoire d'amour : un récit à propos de trois hommes qui tombent amoureux de la même femme, au même moment...

ÉGALEMENT PAR JOSS SHELDON

LA PETITE VOIX

« Le roman le plus provocant de 2016 »
The Huffington Post
« Radical... Iconique... Excellentissime... »
The Canary
« Une prouesse assez remarquable »
BuzzFeed

« Vous rappelez-vous qui vous étiez, avant qu'on vous dise qui vous devriez être ? »

Cher lecteur,

Mon caractère a été façonné par deux forces opposées ; la pression de me conformer aux normes sociales et celle d'être moi-même. Pour être franc, ces forces m'ont vraiment déchiré. Elles m'ont secoué d'un côté à l'autre. Parfois, elles m'ont poussé à remettre toute mon existence en question.

Mais ne pensez pas que je sois fâché ou morose. Ce n'est pas le cas. Parce que l'adversité mène à la connaissance. Il est vrai que j'ai souffert. Mais ma douleur m'a appris bien des choses. Je suis devenu une meilleure personne.

Maintenant, pour la première fois, je suis prêt à raconter mon histoire. Peut-être qu'elle vous inspirera. Peut-être qu'elle vous encouragera à penser autrement. Peut-être pas. Il n'y a qu'une manière de le découvrir...

J'espère que vous apprécierez ce livre,

Yew Shodkin

ÉGALEMENT PAR JOSS SHELDON

OCCUPÉ

« Une œuvre de fiction littéraire unique »
The Examiner
« Plus sombre que 1984 de George Orwell »
AXS
« Une œuvre inclassable »
Pak Asia Times
« Sincère et troublant »
Free Tibet
« À ne pas manquer »
Buzzfeed

CERTAINS VIVENT SOUS L'OCCUPATION.
CERTAINS S'OCCUPENT EUX-MÊMES.
PERSONNE N'EST LIBRE.

Entrez dans un monde à la fois magiquement fictif et incroyablement réel, relatant les vies de Tamsin, Ellie, Arun et Charlie ; un réfugié, un natif, un occupant et un migrant économique. Observez-les grandir durant un passé insouciant, un présent ordinaire et un futur dystopique. Et attention les yeux !

Inspiré par l'occupation de la Palestine, du Kurdistan et du Tibet et par l'occupation des corporations de l'Occident, « Occupé » est un aperçu terrifiant d'une société qui nous est un peu trop familière pour être confortable. Une œuvre de fiction littéraire véritablement unique…

ÉGALEMENT PAR JOSS SHELDON

INVOLUTION & ÉVOLUTION

« S'écoule magnifiquement de page en page »
« Excellent, exaltant et éclairant »
« Rapide et rythmé »

Voici l'histoire d'Alfred Freeman, un garçon qui fait ce qu'il peut pour servir l'humanité. Il nourrit cinq mille jeunes, soulage, sauve et apaise ; et vainc les médisants. Il aide les paralysés à se sentir mieux, transforme l'eau en vin et rend la vue aux aveugles.

À l'approche de la fin de la Première guerre mondiale, sa nation est plongée dans la peur ; et donc Alfred prend position. Il s'oppose à la guerre et demande la paix, désobéit à la police et va discourir dans tout le pays. Il fait des speechs et des sermons ; utilisant de grandes déclarations.

Mais les autorités ripostent et lancent une attaque forte ; pleine de dégoût, de dérision et de dédain. Alfred est menacé d'exécution et souffre de persécution, ce qui le fait se tordre de douleur. Il fait de son mieux pour survivre, rester en vie, garder son sang-froid et sa santé mentale.

'Involution & Évolution' est une œuvre versifiée offrant un message qui résonne à travers le temps et qui vous montera au cerveau. Affublée de personnages colorés et d'un flair poétique, cette critique cinglante de la guerre moderne et du sang versé est un roman qui brise les genres, va vous épater et est à ne pas manquer.

Vos critiques et vos recommandations personnelles feront la différence

Les critiques et les recommandations personnelles sont essentielles pour le succès d'un auteur. Si vous avez aimé ce livre, veuillez, s'il vous plait, et ce même si cela ne représente qu'une ligne ou deux, en faire une critique, ainsi qu'en parler à vos amis. Vous permettrez ainsi à l'auteur de proposer d'autres livres, et à d'autres lecteurs de profiter de ce livre.

Votre soutien est vivement apprécié !

Milton Keynes UK
Ingram Content Group UK Ltd.
UKHW010737210424
441349UK00003B/18